FANTASY

Die Welt der DRACHENLANZE
im Goldmann Verlag:

Die Chronik der DRACHENLANZE

1. Drachenzwielicht (24855) • 2. Drachenjäger (24856) • 3. Drachenwinter (24857) • 4. Drachenzauber (24858) • 5. Drachenkrieg (24859) • 6. Drachendämmerung (24860)

Die Legenden der DRACHENLANZE

1. Die Brüder (24861) • 2. Die Stadt der Göttin (24862) • 3. Der Krieg der Brüder (24863) • 4. Die Königin der Finsternis (24864) • 5. Der Hammer der Götter (24865) • 6. Caramons Rückkehr (24866)

Das Heldenlied der DRACHENLANZE

1. Das Ehrenwort (24587) • 2. Verrat unter Rittern (24589) • 3. Das Schwert des Königs (24591) • 4. Heldenblut (24593) • 5. Unter dunklen Sternen (24594) • 6. Die Stunde des Skorpions (24595)

Die Geschichte der DRACHENLANZE

1. Die Zitadelle des Magus (24538) • 2. Der Magische Turm (24539) • 3. Die Jagd des Todes (24540) • 4. Der Zauber des Palin (24541) • 5. Der edle Ritter (24542) • 6. Raistlins Tochter (24543)

Der Bund der DRACHENLANZE

1. Ungleiche Freunde (24867) • 2. Die Erben der Stimme (24868) • 3. Die Stunde der Diebe (24869) • 4. Finstere Pläne (24870) • 5. Das Mädchen mit dem Schwert (24871) • 6. Verspätete Rache (24872) 7. Schattenreiter (24673) • 8. Das Siegel des Verräters (24674) • 9. Stahl und Stein (24675) • 10. Das Schloß im Eis (24676) • 11. Der Zauber des Dunkels (24677) • 12. Die Jäger der Wüste (24678)

Die Krieger der DRACHENLANZE

1. Der Dieb der Zauberkraft (24816) •
2. Die Ritter der Krone (24817)

DRACHENLANZE – Die Neue Generation (24621)

Die Erben der DRACHENLANZE

1. Drachensommer (24708) • 2. Drachenfeuer (24718) • 3. Drachennest (24782) • 4. Die Grube der Feuerdrachen (24783)

Weitere Bände in Vorbereitung.

MARY KIRCHOFF & STEVE WINTER

DER BUND DER DRACHENLANZE 4

Finstere Pläne

Aus dem Amerikanischen
von Imke Brodersen

DRAGONLANCE®

GOLDMANN

Die amerikanische Originalausgabe erschien
unter dem Titel »DRAGONLANCE® Saga, Meetings Sextet 2:
Wanderlust« (Chapters 10–18)
bei TSR, Inc., 1801 Lind Ave SW, Renton, WA 98055, USA

Umwelthinweis:
Alle bedruckten Materialien dieses Taschenbuches
sind chlorfrei und umweltschonend.
Das Papier enthält Recycling-Anteile.

Der Goldmann Verlag
ist ein Unternehmen der Verlagsgruppe Bertelsmann

Genehmigte Taschenbuchausgabe

U. S., CANADA,
ASIA, PACIFIC &
LATIN AMERICA
Wizards of the Coast, Inc.
P.O. Box 707
Renton, WA 98057-0707
+ 1-206-624-0933

EUROPEAN HEADQUARTERS
Wizards of the Coast,
Belgium
P.B. 34
2300 Turnhout
Belgium
+32-14-44-30-44

Visit our website at http://www.tsr.com

Published in the Federal Republic of Germany by
Wilhelm Goldmann Verlag, München
Deutschsprachige Rechte beim
Wilhelm Goldmann Verlag, München
Umschlaggestaltung: Design Team München
Umschlagillustration: Agt. Schlück/TSR
Satz: deutsch-türkischer fotosatz, Berlin
Druck: Elsnerdruck, Berlin
Verlagsnummer: 24870
Redaktion: Andreas Helweg
V. B. · Herstellung: SC
Printed in Germany
ISBN 3-442-24870-1

1 3 5 7 9 10 8 6 4 2

Für meine erste Familie: Manny und Jan Kirchoff, und Nancy und Mark, für all die Erinnerungen, von denen man zehren kann.
Mein Dank gilt auch der besten Abteilung, die eine Vorgesetzte haben kann, für ihre Kameradschaft, ihre Geduld und den gegenseitigen Respekt.

Mary Kirchoff

Und für meine Eltern, Carl und Kay, Winter, die all das getan haben, was Eltern so tun. Heute kann ich beurteilen, wie schwer das ist.

Steve Winter

STRASSE VON SCHALLMEER
BEFESTIGTE STADT
ORT / DORF
RUINE
OSTWALL-GEBIRGE
TEMPEL
DÜSTERWALD
KRISTALLMIRSEE
TANTALLON
NEUMEER
SOLACE
QUE-KIRI
QUE-SHU
WINDTAL
TORWEG
QUE-TEH
QUALINOST
NEUHAFEN
Abanasinia

Kapitel 1

Der letzte Verrat

Was Delbridge an der winzigen Zelle, in der er saß, am meisten störte, war der faulig-feuchte Gestank, den nicht einmal frisches Stroh überdecken konnte. Eine Zeitlang versuchte er, durch den Mund zu atmen, was auch half, ihm aber einen rauhen Hals machte.

Außerdem haßte er Langeweile. Die Zelle war finster, denn es gab kein Fenster und nicht einmal einen Türspalt, so daß er schon längst jedes Zeitgefühl verloren hatte. Eine Weile hatte er sich damit beschäftigt, die Steinblöcke des Bodens zu zählen, indem er sie mit den Fingern abtastete, aber dabei hatte er auch so viele andere Dinge gefunden – Dinge, die ihn schon bei der ersten Berührung entsetzten –, daß er bei dreiunddreißig mit dem Zählen aufgehört hatte. In der Ferne hörte er Wasser tropfen und zählte auch die Tropfen, aber bei neunhundertzweiundsiebzig gab er auf, weil es zu regnen anfing und das Tropfen in ein gleichmäßiges Rauschen überging.

Irgendwann öffnete jemand die dicke Holztür, aber Delbridges Augen waren so an die Dunkelheit gewöhnt, daß er im hellen Eingang nur einen vagen, menschengroßen Umriß ausmachen konnte. Er versuchte, mit der Person zu sprechen und zu ihr hin zu kriechen, aber der Unbekannte knurrte nur, warf etwas auf den Boden und schlug Delbridge die Tür vor der Nase zu. Auf den kalten Steinblöcken fand er ein Stück altes Brot und einen Wasserschlauch, dessen Inhalt wie das Innere des Tiers roch, aus dem der Behälter gemacht war.

Zu seiner Hauptbeschäftigung wurde es, die Kleinigkeiten im Auge zu behalten, die ihn störten, denn sonst hätte er über wirklich wichtige Dinge nachdenken müssen, wie zum Beispiel seine prekäre Lage. Seine völlige Hilflosigkeit brachte ihn an den Rand der Panik. Noch nie war er in einer Lage gewesen, aus der er sich nicht durch Lügen, Betrügen oder Stehlen hatte herauswinden können. Er wußte einfach nicht, wie er mit einer solchen Krise wie dieser umgehen sollte.

Wann würde jemand kommen, dem er diesen schrecklichen Irrtum erklären konnte? Am Vortag war er vor Lord Curston aufgetreten und hatte gesehen, daß dem einzigen Sohn des Ritters eine Katastrophe drohte. Seine Gefangenschaft mußte etwas damit zu tun haben, denn seit seiner Ankunft in Tantallon hatte er sonst nichts getan.

Warum wurde er bestraft? Wenn Delbridges Vision abgewendet worden war, müßten alle glücklich sein; sie müßten ihn mit Belohnungen überschütten. Und wenn nichts geschehen war, das Lord Curstons Sohn bedrohte, sollten sie noch glücklicher sein. Er wurde doch bestimmt nicht so behandelt, weil man ihn für einen Scharlatan hielt?

Plötzlich kam ihm der Gedanke, daß es noch eine dritte Möglichkeit gab. Wenn dem Knappen Rostrevor nun etwas Unaussprechliches zugestoßen war? Delbridge schluckte. Diese Möglichkeit war ihm gestern so abwegig erschienen. Der Junge war doch zwischen den Wachen des Ritters und den Sprüchen des Zauberers Balkom vor allem geschützt gewesen, was ihn bedrohen mochte.

Aber wenn nicht? In der Vision hatte ihn eindeutig etwas erwischt. Vielleicht war die Vision wahr geworden, und jetzt saß Delbridge im Gefängnis.

Sie glaubten, daß er etwas damit zu tun hatte! Das war die einzige logische Erklärung. Der Junge war verschwunden, und der Ritter gab Delbridge die Schuld. Er sank auf den Steinboden der Zelle und schlang die Arme um den Kopf. Was sollte er mit dem Jungen wollen? Er hatte schon genug Probleme damit, für sich selbst zu sorgen.

Selbst wenn er die Tat nicht selbst begangen hatte, sah es natürlich so aus, als wenn er alles von Anfang an gewußt hätte.

Delbridge versuchte es mit etwas zuversichtlicheren Gedanken. Vielleicht war seine Vision nur so etwas Ähnliches wie das, was Rostrevor passiert war. Vielleicht konnte er noch einmal betonen, daß er das Unheil nur vorhergesehen, nicht aber verursacht hatte. Die Tragödie war geschehen, weil Curston und sein Magier den Jungen nicht angemessen beschützt hatten. Vielleicht konnte er ja jemanden überzeugen, falls jemals einer mit ihm reden würde. Er seufzte.

Delbridge sah zur Tür. Wann würde sie sich wieder öffnen?

An diesem ganzen Mist war nur das verdammte Armband

schuld! Delbridge fuhr mit der Hand in die Tasche, holte das kalte Metall ganz unten heraus und riß dabei den Saum der Tasche auf. »Was für ein vermaledeites Unglücksding«, fluchte er und warf das Armband an die Steinmauer der stinkenden Zelle, wo es mit einem Rascheln im Stroh landete. Delbridge steckte seine Hände in die Manteltaschen und lief hin und her.

Wenn Lord Curston ihn nicht umbrachte, würde die Warterei das übernehmen.

Irgendwann suchte er sich ein trockenes Eckchen Stroh und schlief ein. Eine Weile später weckte ihn Licht, das durch die geöffnete Tür fiel.

»Nimm deinen ekligen Fraß wieder mit«, murmelte der Gefangene, ohne aufzusehen oder aufzustehen. »Den Abfall, den du vorhin gebracht hast, habe ich nicht gegessen, und den, den du jetzt bringst, werde ich auch nicht essen, du ungewaschener, ungebildeter Affe von Türsteher.« Während er sich mühsam aufrichtete, beschloß Delbridge, einfach sein Glück zu versuchen. »Ich bestehe darauf, sofort denjenigen zu sehen, der für meine irrtümliche Gefangennahme verantwortlich ist!«

»In Eurer Lage könnt Ihr auf gar nichts bestehen«, grollte eine Baritonstimme. »Vielleicht ist Euch nicht klar, welch schwere Anklage gegen Euch besteht.«

»Genau das ist es! Ich weiß nicht einmal, wie die Anklage lautet!« heulte Delbridge, der völlig sein hochmütiges Gehabe vergaß. »Wer bist du überhaupt? Ich kann dein Gesicht nicht sehen. Könnten wir nicht hier drin Licht machen, vielleicht eine Fackel? Oder, warum gehen wir nicht lieber gleich woanders hin –«

»*Shala delarz.*«

Delbridge sprang zurück, als vor seinen Augen Flammen hochschossen und seine Augenbrauen versengten. Als er wieder sehen konnte, entdeckte er zu seinem Entsetzen, daß die

Flammen aus der linken Hand des Mannes loderten. Aber noch erstaunlicher war, daß der Kerl Delbridge ganz ruhig betrachtete, während er seine brennende Hand wie eine Fackel hochhielt. Instinktiv griff Delbridge hin und wollte das Feuer löschen. Mit einem Wink des brennenden Arms hielt ihn der Mann zurück.

»Faßt mich nicht an. Ich habe einen einfachen Feuerzauber gesprochen, damit es hell wird. Das finde ich weniger lästig, als eine Fackel mitzuschleppen.« Er drehte seine Hand bewundernd hin und her. »Macht ziemlich viel Eindruck, nicht wahr?«

»Ja, allerdings...« Delbridge trat zurück und sah den Mann im Licht des unnatürlichen Feuers mißtrauisch an.

Er erkannte, daß es Balkom war, der Zauberer, den er am Vortag als Lord Curstons Berater kennengelernt hatte. Aus der Nähe fiel Delbridge auf, daß er zu Balkom aufblicken mußte, weil der Mann überdurchschnittlich groß war. Er trug einen langen, glänzendroten Umhang mit Kapuze, der über den kräftigen, breiten Schultern schwarz abgesetzt war. Der Umhang wurde von einer großen Brosche mit einem Edelstein zusammengehalten. Die Gesichtshaut des Zauberers wirkte fast durchsichtig und papierdünn, wie das Fleisch einer reifen Honigmelone. Unter der unnatürlich glatten Oberfläche pulsierten blaue Adern. Im Gegensatz zum Vortag trug er heute eine dunkelrote, bestickte Augenklappe aus Seide über dem rechten Auge.

Während er angesichts von Delbridges Unbehagen leise in sich hineinlächelte, blies der Mann die Flammen aus und zog dann – mit immer noch rauchender Hand – einen dünnen Stab aus seinem Gewand. Ein geflüsterter Befehl ließ ein schwaches Licht aus dem Stab strömen, das den Raum sanft erleuchtete.

»Ihr habt uns da gestern eine interessante Geschichte aufgetischt«, sagte Balkom plaudernd in seiner gleichmäßigen Baritonstimme.

»Danke. Ich freue mich sehr, daß Ihr das so seht«, antwortete Delbridge sarkastisch.

»Vielleicht könntet Ihr so gut sein, mir zu verraten, warum ich dann eingesperrt wurde.«

Der Magier verschränkte die Arme und wippte auf den Absätzen. »Alles zu seiner Zeit. Eure Geschichte hat bei Lord Curston großen Eindruck hinterlassen. Wie habt Ihr sie erfahren?«

Da Delbridge eine Gelegenheit sah, wie er sich retten und für sich werben konnte, ließen Angst und Unsicherheit nach, ohne jedoch ganz zu verschwinden. Er richtete sich zu seiner ganzen, wenig eindrucksvollen Größe von etwas über fünf Fuß auf. »Das war eine wirkliche Vision. Ich habe Euch ja gesagt, ich bin ein Orakel, ein Seher. Wenn meine Fähigkeit mir eine Stellung am Hof verschafft hat, muß ich sagen, daß mir die Art, wie Ihr mir diese Neuigkeit mitteilt, nicht gefällt. Vielleicht muß ich die Sache ja noch einmal überdenken – oder wenigstens meine Gehaltsvorstellungen.« Delbridge deutete auf die Zelle. »Diese kleine Farce hier, die mich offenbar auf die Probe stellen soll, ist nicht lustig.«

»Das ist weder eine Prüfung, noch soll es lustig sein.«

Die Stimme des Magiers klang wie schwere, zuschlagende Eisentüren. Balkom begann, langsam und gelassen herumzulaufen. Der Saum seiner Robe raschelte leise, als er über den kalten Steinboden glitt. Dann blieb Balkom stehen und betrachtete Delbridge und legte den Finger nachdenklich an die Lippen.

»Omardicar... Der Name sagt mir nichts. Ihr seid nicht von hier, nicht wahr?«

Delbridge schüttelte den Kopf. »Ich bin nur zur Burg Tantallon gekommen, um Lord Curston meine Dienste anzubieten. Ich bin aus« – Delbridge erinnerte sich an seinen unrühmlichen Abgang von Burg Thelgaard – »sagen wir mal, ich reise viel herum.«

»Der Sohn eines Edelmanns, entführt und irgendwo gefangengehalten, weggehext, um sich etwas unendlich Bösem zu stellen, die Familie in Trauer und Sorge zurückgeblieben... Was für ein tragisches Schicksal.« Balkom fischte etwas aus einer Tasche und spielte in der Handfläche damit. »Ist das alles, was Ihr wißt, oder habt Ihr in dieser ›Vision‹ noch mehr gesehen?«

Delbridge ließ sich nicht gern an die Bilder erinnern. Seine Schultern sackten wieder herab. »Nein. Ich habe Euch alles gesagt.« Die Wendung, die das Gespräch nahm, gefiel ihm gar nicht.

Die Augen des Gefangenen wurden schmal. Er beschloß, ein letztes Mal zu versuchen, herauszubekommen, was eigentlich los war. »Ich beantworte anscheinend sehr viele Fragen, erfahre selbst aber nur wenig. Ich weiß nicht einmal, weshalb ich hier bin. Warum sollte ich Euch irgend etwas erzählen?«

Der Magier fummelte abwesend an seinem Stab und dem anderen Ding in seiner Hand herum. Jetzt erkannte Delbridge, daß es ein großer, blauer Edelstein war. Dann sah Balkom Delbridge wieder an. »Ihr solltet mir beantworten, wonach ich frage, weil ich derjenige bin, der Euch verhört. Wenn Ihr meine völlig berechtigte Neugierde zufriedenstellt, kann ich Eure Freilassung bewirken. Wenn nicht – wenn Ihr statt dessen neue Fragen stellt oder beunruhigende Zweifel an Euren Absichten und Motiven aufkommen laßt –, dann könntet Ihr feststellen, daß Ihr eine lange, lange Zeit hierbleiben müßt.« Indem er sich näher zu Delbridge herunterbeugte, fügte er hinzu: »Oder – noch schlimmer – eine sehr kurze Zeit.«

Mit unverbindlicher Miene richtete sich der Magier wieder

auf. »In jedem Fall solltet Ihr meiner Meinung nach vielleicht wissen, warum Ihr hier seid. Ich werde es Euch erzählen, damit wir beide auch wirklich über dieselbe Sache reden.«

Während er den blauen Stein zwischen Daumen und Zeigefinger drehte, lief er hin und her. »Als wir heute morgen das Zimmer des Knappen Rostrevor aufmachten, war es leer. Der Knappe war fort – spurlos verschwunden. Da die Wachen und meine magischen Schutzvorkehrungen an ihrem Platz waren, konnte nichts, was ich kenne, den Raum unbemerkt betreten oder verlassen haben. Dennoch war der Knappe nicht mehr da.«

Delbridges Augen quollen vor Überraschung hervor. Seine schlimmste Befürchtung hatte sich bewahrheitet: Knappe Rostrevor war wirklich entführt worden, und man gab ihm die Schuld daran.

Der einäugige Magier blieb vor Delbridge stehen. »Nur jemand, der über unseren Plan Bescheid wußte, hätte sich so kühn hineinschleichen können.«

Delbridge zitterte wie Espenlaub. Er hatte für jemand anderen eine Tragödie vorhergesehen und wurde nun deren Opfer.

Diese trübsinnigen Gedanken wurden durch Balkoms weiche Stimme unterbrochen. »Ihr seid natürlich ganz böse in die Sache verwickelt. Wenn Ihr mir sagt, was aus dem Knappen geworden ist und wie das Verbrechen ausgeführt wurde, wird Eure Hinrichtung gnädig ausfallen.«

»Hinrichtung!« Die Todesdrohung weckte Delbridge wie ein Schlag ins Gesicht. »Ich habe nichts mit dem Verschwinden des Jungen zu tun! Bis zu meiner gestrigen Audienz wußte ich doch nicht einmal, daß Lord Curston einen Sohn hat. Wie hätte ich ihn entführen sollen? Wozu hätte ich ihn entführen sollen?«

»Genau das will ich herausfinden.«

Selbst in seiner Panik erkannte Delbridge die Aussichtslosigkeit der Sache. Zweifellos war da schwarze Magie im Spiel, etwas viel Dunkleres als das Armband. Solche Hexenjagden hatte er schon miterlebt. Wenn das hier so ablief, wie er befürchtete, würde er um so schuldiger wirken, je weniger Beweise man gegen ihn hatte. Gleichzeitig wagte er nicht, irgend etwas zu sagen, was als Geständnis oder Schuldbekenntnis ausgelegt werden konnte.

»Gnädiger Herr, ich bitte Euch zu bedenken, wessen Ihr mich anklagt. Wenn ich daran beteiligt wäre, warum hätte ich meine Absicht, dieses Verbrechen zu begehen, dann vorher ankündigen sollen?«

Balkom steckte seinen leuchtenden Stab vorsichtig in einen Riß in der Wand und nahm dann den Edelstein zwischen Daumen und Zeigefinger der linken Hand. Er hielt ihn hoch, so daß das Licht seines Stabes reflektiert wurde und winzige Lichtflecken über die Zellenwände tanzten. »Ein ungeschliffener Edelstein ist etwas Seltsames. Habt Ihr je einen gesehen?«

Delbridge schüttelte teilnahmslos den Kopf, doch Balkom fuhr fort: »Man sieht ihnen überhaupt nichts von der endgültigen Schönheit an, die wir so schätzen. Rauh, dunkel, formlos. Ein ungeübtes Auge würde ein unbezahlbares Juwel als wertlosen Stein abtun. Aber das geübte Auge, das sich mit Edelsteinen auskennt, sieht in dem unschuldigen Stein das, was er ist, wie gern er auch seine wahre Natur verbergen möchte.«

Er ließ den Edelstein in seine rechte Handfläche fallen und schloß die Finger darum. Delbridge erinnerte sich unklar daran, daß ihm aufgefallen war, daß dem Mann der rechte Daumen fehlte. »Wie bei einem ungeschliffenen Edelstein sind die Motive böser Menschen niemals klar und eindeutig.«

»Wie hätte ich Curstons Sohn wegzaubern sollen?« brachte

Delbridge gequält heraus. »Ich bin kein Zauberer. Eure Magie hätte ich nie überwinden können.«

»Kommt schon«, entgegnete Balkom herablassend, »wir sind doch nicht dumm. Ganz sicher hattet Ihr Komplizen. Wenn Ihr selbst nicht gestehen wollt, dann sagt mir einfach ihre Namen. Eure Hilfsbereitschaft wird berücksichtigt werden, wenn das Urteil gefällt wird.«

»Ich bin unschuldig!« kreischte Delbridge, der an der Steinmauer herunterrutschte. »Wie soll ich mich verteidigen? Wenn ich etwas gestehe, dann glaubt Ihr mir, und ich bin verloren. Wenn ich sage, ich bin unschuldig, dann sagt Ihr, ich lüge. Warum seid Ihr überhaupt hier? Um mich zu quälen? Ich habe nichts Böses getan!«

Balkom stand ungerührt da und sah zu, wie Delbridge seine Knie umklammerte und sich auf den kalten Steinen vor und zurück wiegte.

»Ich bin hier, weil Lord Curston mich geschickt hat.« Delbridge sah den Magier ängstlich an, sagte aber nichts.

»Und ich bin auch hier, um meine eigene Neugier zu befriedigen. Offenbar war irgendeine Art von Magie im Spiel. Das geht mich auch etwas an.«

Balkom streichelte seinen Spitzbart. »Nehmen wir einmal an, Ihr hättet wirklich nichts mit dieser Untat zu tun. Selbst wenn wir davon ausgehen, daß Ihr unschuldig seid, gibt es noch offene Fragen. Die Hauptfrage ist, woher wußtet Ihr, was geschehen würde, bevor es eintrat? Wenn Ihr diese Frage zu meiner Zufriedenheit beantworten könntet, würden sich Eure Chancen erheblich verbessern.

Wenn Ihr mir jedoch weiter trotzt und meinen Fragen ausweicht, dann kann ich genausogut auf der Stelle gehen und meinem Lehnsherrn Bericht erstatten. Welcher sehr nachteilig für Euch ausfallen wird.«

Delbridge hatte natürlich nicht vorgehabt, so zu tun, als wenn er in dieser Sache Oberwasser hätte, aber jetzt blieb ihm keine Wahl. Dieser Zauberer hatte nichts zu verlieren, aber alles zu gewinnen, wenn er Delbridge dieses Verbrechen anhängte, egal was sich tatsächlich abgespielt hatte.

»Ich habe Euch gesagt, was ich weiß«, seufzte er. »Ich habe die Fähigkeit, die Zukunft vorherzusehen. Es ist wirklich eine wundersame Gabe, und ich habe mich immer bemüht, sie nicht zu meinem Vorteil auszunutzen. Statt dessen habe ich Menschen geholfen, so gut ich konnte. Gestern habe ich versucht, Eurem Lord Curston zu helfen.«

Der untersetzte Mann drehte nervös einen Ring an seinem Finger. »Was ich gestern erzählt habe, war das, was ich gesehen habe. Ich war mir nicht sicher, wie es zu deuten war. Es war so lebhaft und erschreckend. Und ich hatte bestimmt keine Ahnung, daß die Kräfte, die da am Werk waren, selbst Eure Macht überstiegen.«

Delbridge arbeitete sich zäh weiter. »Wenn ich meine Kraft nur richtig unter Kontrolle hätte! Ich bin sicher, daß ich unendlich viel Gutes –«

»Das reicht«, unterbrach ihn Balkom. Sein grimmiger Blick schnitt Delbridge das Wort ab. Balkom faltete die Hände hinter dem Rücken und lief durch die Zelle. Der Pseudozauberer hingegen verlor langsam jedes bißchen Zuversicht.

Nachdem er die Zelle zehn- oder zwölfmal durchmessen hatte, blieb Balkom direkt vor Delbridge stehen und sah ihm ins Gesicht. Etwas erschrocken merkte der Gefangene, daß Balkom gefährlich nah bei dem Armband stand, das im verfaulten Stroh verborgen lag.

»Ich glaube, daß manches an Eurer Geschichte der Wahrheit entspricht«, fing Balkom an. »Nicht der größte Teil, noch nicht einmal ein Drittel davon, aber manches. Zum Beispiel glaube ich, daß Ihr Fetzen der nahen Zukunft wahrnehmen könnt. Ich glaube auch, daß Ihr Schwierigkeiten hattet zu begreifen, was Ihr da erfahrt.

Der Rest Eurer Geschichte ... nein, davon glaube ich gar nichts. Zum Beispiel glaube ich nicht, daß es eine angeborene Fähigkeit ist, die Ihr schon immer besessen habt. Wenn das so wäre, solltet Ihr inzwischen damit umgehen können. Ich glaube Euch auch nicht, daß Ihr sie je zum Nutzen von irgend jemand außer Euch selbst eingesetzt habt.

Fangen wir also noch einmal von vorne an und sehen wir mal, ob wir der Wahrheit etwas näherkommen. Erzählt mir genau, was Ihr in Eurer Vision ›gesehen‹ habt. Vor allem, ob Ihr irgendeine Ahnung habt, wer hinter dem Verschwinden des Knappen steckt.«

Diese Art von Verhör war viel mehr nach Delbridges Geschmack. Zum ersten Mal im Leben überlegte er, ob er vielleicht die Wahrheit sagen sollte. Leider befürchtete er, daß seine Antworten Balkom enttäuschen würden.

»Als ich gestern vor Euch stand, habe ich zum ersten Mal etwas von dieser Sache erfahren.« Delbridges Stimme zitterte, weil er es nicht gewohnt war, die Wahrheit zu sagen. »Ich stand da und war völlig unvorbereitet. Ich hatte mir nichts zurechtgelegt, was ich sagen wollte. Ich habe einfach auf die rechte Eingebung gehofft und gedacht, mir würde schon etwas kommen. Bloß auf das, was kam, war ich nicht vorbereitet.«

Balkom hatte Delbridges Bericht genau zugehört. Jetzt trat er zurück, als wäre er beleidigt. »Das ist alles? Weiter nichts, keine Namen, keine Gesichter, keine Motive?«

»Nein, Herr«, entschuldigte sich Delbridge.

»Das ist nicht viel.«

Balkom stand am Eingang und ließ sich Delbridges Geschichte durch den Kopf gehen. Im Licht von dem Stab sah sein blasses Fleisch grau und unnatürlich aus. Einen Moment lang kam es Delbridge so vor, als stünde der Tod im Raum. Rasch schüttelte er diesen Gedanken ab, indem er sich daran erinnerte, daß dieser Mann seine einzige Hoffnung auf Rettung war.

Als Balkom schließlich redete, fixierte sein eines Auge kalt und starr den Gefangenen. »Wenn ich Lord Curston diese Geschichte erzähle, wird er nicht überzeugt sein. Sie hört sich zwar durchaus wahr an, ist aber durch nichts zu beweisen. Für einen Mann wie Curston ist es viel einfacher zu glauben, er wäre das Opfer einer Verschwörung, als daß Euch irgendeine großzügige, magische Kraft ohne ersichtlichen Grund heimsucht.«

Während er sprach, veränderte sich der Tonfall des Magiers. Er war kein Ankläger oder Inquisitor mehr, sondern klang vielmehr wie ein vertrauter Berater. Wieder lief er hin und her. »Lord Curston ist ein Ritter von Solamnia. Er glaubt an die Macht des Schwerts. Er versteht und glaubt an Dinge, die er berühren kann, Dinge, die er mit seinem Schwert verteidigen kann. Was er nicht berühren kann – wie zum Beispiel die Fähigkeit, die Zukunft vorherzusehen –, dem wird er nicht lange trauen. Vielleicht glaubt er von so einer Geschichte von vornherein kein Wort.

Wenn es noch irgend etwas gibt, was Eure Fähigkeit angeht, dann solltet Ihr es mir jetzt sagen, denn wenn ich Lord Curston berichte, was Ihr mir gesagt habt, wird er auf der Stelle das Urteil fällen.«

Balkom drehte sich zur Zellentür um und stand mit dem Rücken zu Delbridge. »Ich bin sicher, das Urteil lautet: Hängen.«

Delbridge wog ab, welche Wahl er hatte. Er erinnerte sich vage daran, wie ihm ein alter Soldat in einer Taverne einst erzählt hatte, daß die unmittelbare Todesdrohung seine Sinne gewaltig schärfte – nur deshalb hätte er solange überlebt. Delbridge hatte das selbst hin und wieder erlebt. Jetzt herrschte in seinem Kopf ein einziges Durcheinander.

Auf seiner Stirn bildete sich Schweiß, der ihm beißend in die Augen rann. Seine Gedanken schweiften ab. Wieder mußte er an das Armband denken. Das war die Ursache für den ganzen Ärger. Wenn er es los wurde, war er womöglich auch seine Probleme los.

»Würde Lord Curston mir glauben, wenn er einen Beweis sehen würde? Wirklich etwas berühren könnte? Ich habe einen Beweis. Den könntet Ihr ihm zeigen.«

Balkom drehte sich mit hochgezogenen Augenbrauen wieder zu Delbridge um. »Was für einen Beweis?«

»Ein magischer Gegenstand«, blökte Delbridge, »ein Kupferarmband. Ich weiß nicht, wo es herkommt. Ich habe es erst vor zwei Tagen von einem Kesselflicker bekommen ... oder waren es drei?«

»Wo ist dieses Armband?« wollte Balkom wissen. »Habt Ihr es noch?«

Eine zitternde Hand wies in die Richtung, wo Delbridge das Kupferarmband hingeschleudert hatte. Balkom nahm den leuchtenden Stab von der Mauer und ging in die Ecke. Er stieß das feuchte, schwarze Stroh mit dem Fuß beiseite, bis er etwas glitzern sah. Langsam bückte er sich und hob das Armband auf. Die kostbaren Steine fingen das Licht aus Balkoms Stab ein und warfen es in hundert Pünktchen zurück, die über die rauhen Wände tanzten.

Balkom untersuchte es genauer, legte es aber nicht an. Mit dem Armband in den Fingern drehte er sich zu Delbridge um. »Wenn dieses Ding wirklich das kann, was Ihr sagt, dann gibt es sicher eine Chance, daß Lord Curston Euch gegenüber nachsichtiger urteilt. Ich werde ein gutes Wort für Euch einlegen.«

Nachdem er sein Ziel erreicht hatte, klopfte Balkom mit seinem Lichtstab an die Zellentür, die behäbig und mit protestierenden Angeln aufschwang. Als der Magier hinausging, legte sich Dunkelheit über den Raum, und die Tür fiel mit einem Knall zu.

Das Klicken eines Türbolzens und kreischende Angeln weckten Delbridge. Angesichts des hellen Fackellichts, das durch den Türrahmen hereinströmte, rollte er sich wie eine Schlange zusammen und starrte zunächst einmal benommen an die Rückwand seiner Zelle. Als er richtig wach wurde, fiel ihm ein, wo er war.

Während er sich langsam umdrehte und dabei immer noch eine Hand über die Augen hielt, blinzelte er zur Tür hin. Dort stand jemand vor einer brennenden Fackel. Delbridge sah den Umriß eines spitzen Helms und eines senkrecht gehaltenen Speers.

»Los, komm schon, du hast eine Verabredung mit Lord Curston.« Die Stimme war barsch und voller Sarkasmus.

Delbridge schrak zurück und kauerte sich in die Ecke. »Was soll das? Läßt er mich holen? Werde ich freigelassen?«

»Ich bin nicht hier, um Fragen zu beantworten. Los, ich habe keine Lust, dich hier rauszuschleifen.«

Eine zweite Gestalt trat ins Licht. »Na gut, Toseph, warte im Gang«, sagte sie leise und dann lauter: »Du da, Gefangener, hoch mit dir. Es wird Zeit, daß du Lord Curston unter die Augen trittst.«

»Bin ich begnadigt? Wo ist Balkom?«

Beide Wachen ignorierten seine Fragen. Langsam erhob sich Delbridge von den Knien und ging zögernd zur Tür. Mittlerweile hatten sich seine Augen an das Fackellicht gewöhnt. Im Gang sah er drei weitere Soldaten, die offenbar alle darauf warteten, ihn zu Lord Curston zu begleiten. Beim Überschreiten der Schwelle taumelte er etwas.

Als Delbridge in den Gang trat, nahmen ihn die Soldaten in die Mitte. Wortlos schritten sie durch lange Gänge, an geschlossenen Türen und offenen Torbögen vorbei unter dem Schloß entlang. Schließlich stiegen sie eine lange, steinerne Wendeltreppe hoch und gingen durch eine Holztür.

Da er erwartet hatte, in einen Innenraum zu gelangen, war Delbridge völlig sprachlos, als er sah, daß er sich draußen im Burghof befand. Der Himmel war kalt und tiefrosa und von dünnen, drohend schwarzen Wolken durchzogen. Der Hof war in graues Licht getaucht, denn die aufgehende Sonne war noch hinter den dicken Befestigungsmauern verborgen.

Delbridge sah sich entsetzt um. Weder von Curston noch von Balkom, dem Zauberer, war irgend etwas zu sehen. Der Hof war zweigeteilt; die eine Hälfte gehörte den Händlern und Handwerkern mit ihren Ständen, die andere war für das Militär der Burg reserviert. Delbridge und seine Eskorte gingen zwischen einer Kaserne und der Händlerzone hindurch, und er sah, daß sie auf einen großen, offenen Platz zuhielten. Als sie um die Ecke bogen, wurden Delbridge die Knie weich.

Die Morgensonne begann gerade, einen Galgen zu beleuchten.

Zwei Soldaten ergriffen seine herabsinkenden Arme und hielten ihn aufrecht, während sie ihn halb stützten, halb vorwärts zerrten. Delbridge kniff fest die Augen zusammen. Seine Füße schleiften willenlos über den Boden.

Vor einer Reihe Bewaffneter in Habt-acht-Stellung blieb der Trupp stehen. Dahinter waren mindestens hundert Bürger aus der Stadt versammelt, und wiederum dahinter, in Sichtweite des Galgens, aber außer Hörweite, saß rechts vom Burgtor Lord Curston auf einem mächtigen, kastanienbraunen Hengst. In seiner solamnischen Rüstung sah der alte Ritter prachtvoll aus. Den Helm hatte er über den Sattelknauf gestülpt. Neben Curston saß etwas weiter hinten Balkom auf einer schwarzen Stute.

Mit unbewegter Stimme verkündete der Hauptmann der Wache: »Omardicar, der Allwissende, Ihr steht vor diesem Gericht, weil Ihr des Verrats, der Entführung und der bösen Hexerei angeklagt seid. Ihr habt in allen Punkten Eure Unschuld beteuert. Wollt Ihr diese Aussage jetzt, vor Seiner Lordschaft, Sir Curston von Tantallon, widerrufen?«

Delbridge zwang sich, die Augen aufzuschlagen. Obwohl sein Blick von aufsteigenden Tränen verschleiert wurde, konnte er den Ritter sehen, der dort hinten mit verhärmtem, hartem Gesicht auf seinem Pferd die Dinge verfolgte. Delbridge bewegte den Mund, doch es kam kein Ton heraus. Nach mehreren Augenblicken krächzte er mehr, als daß er sprach, die einzigen ihm möglichen Worte: »Ich bin unschuldig.«

Die Augen des Hauptmanns blickten kalt und ohne Gnade auf den Verurteilten hinunter. Mit klarer Stimme sagte er: »Dann spricht Lord Curston Euch schuldig.«

Er sah die vor ihm stehenden Soldaten an. »Wachen, tut eure Pflicht.«

Die Leute aus der Stadt jubelten. Delbridge kämpfte gegen die Wachen, die ihn festhielten, und rief dem fernen Zauberer zu: »Balkom! Ihr habt versprochen, mir zu helfen!« Aber durch das Geschrei der Menge verstanden nicht einmal die Leute neben ihm seine Worte.

Delbridges Beine sackten ihm völlig weg, als er zum Galgen geschleift und eine Leiter hochgeschleppt wurde. Als man ihm den Strick um den Hals legte, drehte er sich erneut nach Balkom um. Mit vor Angst rauher Stimme kreischte er zum letzten Mal: »Das Armband! Was ist mit dem Armband?«

Delbridges letzte Wahrnehmung, bevor die Soldaten die Leiter wegstießen, war, wie Balkom lächelnd durch seinen Spitzbart strich, an seinem Handgelenk etwas kalt und kupferrot in der Morgensonne blitzte.

Kapitel 2

Endlich gefunden

Bist du sicher, daß deine Sprüche richtig funktionieren? fragte Tolpan, der gegen das Sonnenlicht, das über Selanas Schultern schien, die Augen zusammenkniff. Er selbst saß im Schneidersitz und blickte wieder auf sein Spiel »Kreuze gegen Kreise«, das er in den Sand gemalt hatte. »Ich meine, wir haben in der ganzen Stadt und in der Burg gefragt, und niemand weiß etwas von diesem Delbridge.« Mit dem Finger malte der Kender das dritte Kreuz in einer Reihe und erklärte sich zum Sieger seines Spiels gegen sich selbst.

»Ich *weiß*, daß mein Armband irgendwo in dieser Burg ist«, sagte Selana störrisch, die ihre Arme vor ihrer vorne zerrissenen und schmutzigen dunkelblauen Robe verschränkt hatte. Ihr Gesicht unter dem lockersitzenden hellblauen Schal war zerkratzt und von der Sonneneinstrahlung rot verbrannt.

»Mein erster Spruch hat gezeigt, daß Delbridge nach Tantallon unterwegs war, und der, den ich gerade gezaubert habe, sagt unmißverständlich, daß das Armband hier ist.« Die Meerelfin richtete den Blick auf die riesige, rechteckige Burg aus fußlangen, geriffelten Granitblöcken.

Tanis, der auf einer steinernen Tränke saß, lehnte sich an die kalte Mauer der kleinen Pumpe auf dem Dorfplatz und legte träge ein Bein über das andere. Mit einer Hand schöpfte er kaltes Wasser aus der Tränke, wusch sich damit sein verschwitztes, verdrecktes Gesicht und trocknete es an seinem Ärmel ab. Dann schloß er die Augen und hielt sein Gesicht in die Spätnachmittagssonne.

Neben ihm auf dem Boden schnarchte der Zwerg leise in seine Zipfelmütze. Wie er seinem Freund, dem Halbelfen, immer wieder mitteilte, war er nicht mehr der Jüngste. Auch wenn sein Kopf sich an nichts mehr von der Nacht erinnerte, die sie unter dem Zauber der Satyre mit wer weiß was für Unfug verbracht hatten, sein Körper spürte sie noch in allen Knochen. Flints faßförmiger Körper zitterte vor Schmerzen.

Die Stimmung in der kleinen Gruppe war noch angespannter, seit sie vor vielleicht acht Stunden zwischen den Resten des Satyrlagers aufgewacht waren. Falls das überhaupt möglich war, hatte diese Begegnung die Meerelfin noch dickköpfiger und entschlossener gemacht, noch mehr darauf versessen, ihr Armband wiederzubekommen und damit zum Meer zurückzukehren.

Besonders demütigend war, daß die Satyre jedem fast alles

Wertvolle abgenommen hatten – außer Tolpan. Der Kender war richtig beleidigt gewesen, daß sie seinen Tintenstopfen aus Alabaster und das kleine, gravierte Porträt seiner Eltern übersehen hatten, und sie hatten nicht eine einzige von seinen Karten genommen. Der armselige Viererhaufen hatte nicht einmal mehr genug Geld für eine Kohlsuppe, wobei dieses schlichte Gericht aus Kohl und Kartoffeln sowieso keiner von ihnen mochte.

»Also?«

Überrascht schlug Tanis ein Auge auf. »Also, was?«

»Sollte nicht jemand hingehen und fragen, ob dieser Delbridge da drin ist?«

Tanis lachte. »Das ist kein Wirtshaus, Selana«, sagte er. »Da drin wohnt der einflußreichste Mensch dieses Ortes, und für den sind wir nur Fremde. Vielleicht ist unser Dieb sein Gast. Da kann man nicht einfach aufkreuzen und sagen: ›Her mit dem dicken Betrüger in der grünen Jacke!‹«

»Wieso nicht?« fragte Tolpan.

Flint, der im Halbschlaf zugehört hatte, wurde vor Lachen wach.

»Ich bin kein kleiner Tölpel vom Meer, Tanis Halbelf«, sagte Selana, deren finsterer Blick den Zwerg zum Schweigen brachte. »Ich sage ihnen einfach die Wahrheit, daß ich lange unterwegs war, um einen Dieb zu suchen, der mir ein wertvolles Armband gestohlen hat, und daß ich glaube, daß er irgendwo in dieser Burg ist. Curston ist Ritter von Solamnia, also bestimmt ein ehrenwerter Mann. Er wird mir unvoreingenommen zuhören.«

Tanis nickte; er war überraschenderweise derselben Meinung wie Selana.

Tolpan sprang auf. »Ich komme mit, Selana«, bot er an, denn sein Spiel langweilte ihn langsam, weil er immer gewann.

Flint riß ihn zurück.

»Mir mißfällt es, sie allein zur Tür zu schicken«, sagte er, während er seinen zottigen, grauen Kopf schüttelte, »aber wenn man das Mißtrauen der Ritterschaft gegenüber allen Nichtmenschen bedenkt, wird sie schon genug Probleme haben, ohne daß ein Kender, ein Zwerg oder ein Halbelf neben ihr stehen. Mach wenigstens deinen Schal wieder fest«, riet er Selana, wobei er väterlich ihre Hand tätschelte.

Die Meerelfin runzelte die Stirn, wickelte sich jedoch gezwungenermaßen ihren schmutzigen Seidenschal wieder kunstvoll um den Kopf. Während sie durch das geschwungene Portal schritt, überlegte sie sich ein paar Sätze und ging dann zu der mit Schnitzereien verzierten Tür. Dort nahm sie den Messingring fest in die Hand und schlug ihn wiederholt gegen die Metallscheibe an der festen Tür.

Auf einmal lugte ein runzliges Gesicht um die Türkante, dessen Haare eine seltsame Mischung aus Rattengrau und Maisgelb zeigten. Seine des Alters wegen trüben Augen waren rotgerändert. Nachdem der Mann seine Überraschung über das ungewöhnliche Aussehen der Meerelfin verwunden hatte, schob er sich in den Türspalt. Selana konnte sehen, daß er ein schwarzes Band um den dünnen, rechten Oberarm trug.

»Entschuldigt mich, Sir«, begann sie so lieblich, wie sie konnte. »Mein Name ist Selana, und ich suche nach einem Menschen namens Delbridge Fid-«

»Nie gehört. Geht weg.« Der alte Diener mit den hängenden Schultern wollte sich zurückziehen.

»Wartet!« rief Selana. »Es ist sehr wichtig, daß ich ihn finde, und ich habe gute Gründe zu der Annahme, daß er in der Burg ist. Könnte ich vielleicht Lord Curston sprechen?« Sie klimperte niedlich mit den Wimpern.

»Versucht so was nicht bei mir, junge Dame«, sagte der Alte

schroff. »Seine Lordschaft empfängt niemanden. Jetzt geht weg.«

Selana steckte die Hand durch die Tür und legte sie auf den Türrahmen. »Vielleicht macht er ja doch eine kleine Ausnahme.«

Der Mann schüttelte traurig den Kopf. Seine Bissigkeit war anscheinend verflogen. »Ich fürchte, nicht einmal für Takhisis persönlich. Der junge Rostrevor ist verschwunden, vor zwei Tagen direkt unter seines Vaters Nase aus dem Schlafzimmer entführt. Die ganze Burg ist in Aufruhr, und ich habe strengsten Befehl, Lord Curston nicht zu stören.«

Der Diener wirkte wieder aufgewühlt. »Ich bin ein trauriger, alter Mann, der mehr gesagt hat, als er sollte. Überlaßt uns unserer Trauer.«

Selana schüttelte stumm den Kopf. »Ich – verzeiht mir, das habe ich nicht gewußt«, brachte sie schließlich leise heraus, während sie die Stufen wieder hinunterging. Zurück bei ihren Begleitern, berichtete die Meerelfin rasch, was sie erfahren hatte.

»Ziemliches Pech und ein ungünstiger Zeitpunkt für uns«, sagte Tanis.

»Wirklich?« warf Flint eilig ein, der sich gedankenvoll den Bart kratzte. »Ein gewiefter Schwindler kommt in die Stadt, der Sohn des Ritters wird entführt, und dann sind beide spurlos verschwunden, aber das Armband ist irgendwo in der Burg. Zufall?«

»Glaubst du vielleicht, dieser Möchtegern-Barde, den Gäsil uns beschrieben hat, hat aus irgendeinem merkwürdigen Grund den Sohn des Ritters entführt und dann aus einem gleichermaßen unerklärlichen Grund das Armband liegengelassen?« fragte Tanis ungläubig.

Der Zwerg ignorierte die Zweifel seines Freundes und

zupfte sich am Bart. »Ich sage nur, ich habe da so eine Ahnung; diese zwei ungewöhnlichen Ereignisse könnten etwas miteinander zu tun haben, mehr nicht.«

Tanis runzelte bestürzt die Stirn. Die Eingebungen des Zwergs trafen oft genau den Punkt. Wenn das Armband irgend etwas mit dem Verschwinden des jungen Mannes zu tun hatte, dann würde diese ganze Expedition noch schwieriger werden. Dann mußten sie nicht bloß Delbridge finden und das gestohlene Schmuckstück aus ihm herausschütteln.

»Nun«, sagte Selana, »hier draußen finden wir das Armband jedenfalls nicht.«

»Und noch etwas steht fest«, erklärte Tolpan mit einem Blick auf die geschlossene Holztür. »Man wird uns nicht einladen, drinnen zu suchen.«

»Wenn du daran denkst, dich heimlich reinzuschleichen«, sagte Flint, »dann müssen wir den Schutz der Dunkelheit abwarten.«

»Das glauben alle«, fing Tolpan mit erhobenem Zeigefinger an, »aber ich habe da andere Erfahrungen. Ich weiß, ihr werdet mir nicht glauben, aber auf meinen Reisen habe ich immer wieder plötzlich aufgesehen und gemerkt, daß ich ganz woanders war, als ich dachte. Dabei denke ich vor allem an diesen Zauberring, der mich in die Schatzkammer von ein paar Riesen teleportiert hat, aber das waren besondere Umstände. Jedenfalls«, fuhr er fort, während er die Geschichte mit dem Ring mit einer wegwerfenden Bewegung abtat, »das Komische ist, wenn man so aussieht, als wenn man irgendwo hingehört, dann glauben die Leute meistens, es wäre wirklich so. Das Hingehören, meine ich.«

»Meinst du etwa, wir sollten einfach durch die Vordertür reinlaufen?« brachte Flint ungläubig heraus.

Tolpan zuckte mit den Schultern, während er nachlässig seinen Pferdeschwanz zwirbelte. »Wenn es dir lieber ist, könnten wir uns ja einen Seiteneingang suchen. Ich habe immer noch mein Werkzeug, also könnte ich diese Schlösser einfach so« – er schnipste mit den Fingern – »aufmachen.«

»Knacken, meinst du«, seufzte Tanis, der sich erschöpft mit der Hand durch die dichten Haare fuhr. »Ich hasse den Gedanken, mich zu Einbrechern zählen zu müssen. Das stellt uns auf eine Stufe mit diesem diebischen Delbridge.«

»Wer redet denn von Dieben?« erregte sich Tolpan. »Bloß weil wir uns selber reinlassen?«

»Das erniedrigt uns nicht!« stimmte Selana mit einem Naserümpfen zu. »Er hat etwas gestohlen, und wir holen uns einfach zurück, was rechtmäßig uns gehört.«

Tanis hielt in gespielter Verteidigung die Hände hoch und winkte dann alle vor. »Du gehst voran, Tolpan.«

Tolpan trat strahlend aus dem Schatten der Pumpe und blieb dann mit den Händen in den Hüften stehen und begutachtete die Burg. Neben ihm trat Flint unruhig von einem Bein aufs andere, umklammerte nervös seine Axt und sah sich über die Schulter um. Selana und Tanis standen dahinter. In Sekundenschnelle hatte Tolpan gefunden, was er suchte, und eilte hurtig auf die Burg zu, während seine Freunde ihm folgten.

An dem Punkt, den Tolpan ausgewählt hatte, grenzte ein kleineres Haus an die Burg. Wo die beiden Gebäude aneinanderstießen, führte ein tief zurückgesetzter Eingang in den Turm. Der Kender hielt geradewegs darauf zu und verschwand regelrecht in den Schatten. Die Tür lag sechs oder sieben Fuß tief in der Außenmauer der Burg, so daß alle vier sich leicht in den Eingang drücken konnten.

Selana sah fasziniert zu, wie Tolpan ein in Öltuch eingeschlagenes Bündel aus seinem Beutel zog. Er holte einen gebogenen Draht und eine Messerklinge ohne Griff heraus, in die tiefe Kerben eingeritzt waren. Augenblicke später verriet allen ein kräftiges »Klack«, daß das Schloß offen war.

»Nach euch«, sagte Tolpan, der die Tür aufstieß und beiseite trat. Die drei drangen in einen engen Gang ein, der kurz vom Sonnenlicht erhellt wurde, bis Tolpan leise die Tür zumachte.

Nachdem Tolpan ein paar Sekunden abgewartet hatte, ob sich seine Augen an die Dunkelheit gewöhnten, sagte er: »Ich kann hier drin überhaupt nichts sehen.«

»Wir können es nicht wagen, Licht zu machen«, flüsterte Tanis, und Selana und Flint stimmten leise zu.

»Klar, Zwerge und Elfen können im Dunkeln sehen. Aber was ist mit mir? Hier drin ist es stockfinster.«

»Du mußt einfach das beste draus machen«, sagte Tanis. »Halt dich einfach an demjenigen vor dir fest. Ich gehe vor, dann kommt Selana, dann du, und Flint hinten. Was hältst du von diesem Ort, Flint?«

Der Zwerg spähte in die Dunkelheit und benutzte dabei seine angeborene Fähigkeit, im Finstern Umrisse erkennen zu können. »Ich kann wenig sagen, Tanis. Sieht aus wie das Ende eines Korridors: Keine Türen oder Verbindungsgänge in Sicht, allerdings kann ich nicht sehen, was über zwanzig Fuß entfernt los ist. Das Ding scheint nach links abzubiegen und ist mächtig eng.«

Tanis stimmte zu. »Wir können soweit gehen, bis wir an eine Kreuzung kommen.«

Langsam schlichen sie den Gang entlang, während ihre Schritte in der feuchten Luft leise nachhallten. Tolpan stolperte hinter Selana her, eine Hand an der rauhen Steinmauer und die andere am Ende von Selanas Schal.

»Wo sollen wir als erstes suchen?« flüsterte Tolpan niemand Bestimmtem zu. »Sag mal, wenn wir schon dabei sind, warum sagst du eigentlich nicht nochmal deinen Spruch, Selana? Du weißt schon, den, der dir verrät, wo das Armband ist.«

»Der funktioniert nicht wie eine Wünschelrute, Tolpan«, erklärte die Meerelfin. »Er gibt mir nur ungefähre Anhaltspunkte, auch wenn man die durch die richtigen Fragen schon ziemlich genau eingrenzen kann. Aber ich kann diesen Spruch nur einmal am Tag anwenden, und heute habe ich das schon getan.«

Flint räusperte sich leise hinter ihnen. »Der Alte am Tor hat gesagt, daß der Rittersohn aus seinem Schlafzimmer entführt worden ist. Ich schlage vor, daß wir dort suchen. Wenn Delbridge für sein Verschwinden verantwortlich sein sollte, hat er das Armband vielleicht in der Eile fallen lassen.«

»Das einzige Problem bei diesem Vorschlag ist«, flüsterte Tanis, »daß dieser Gang sich anscheinend nicht nach oben, sondern immer weiter nach unten windet, und wenn wir umdrehen, landen wir nur bei der Ausgangstür, durch die wir hereingekommen sind.«

Flint, der sich vergeblich bemühte, in seinen schweren, eisenbeschlagenen Lederstiefeln leise über den Steinboden zu laufen, knuffte Tolpan an die Schulter. »Saubere Arbeit, Türknauf. Wahrscheinlich hast du die einzige Tür in dieser Burg geknackt, die nicht in die Burg führt. Statt dessen trampeln wir in diesem endlosen Korkenziehergang weiß Gott wohin. Hab' bis jetzt noch keine einzige Tür entdeckt.«

»Wir sind drinnen, oder?« gab Tolpan zurück. »Außerdem habe ich nichts davon gesehen –«

Tanis hielt sich die spitzen Ohren zu. »Das reicht!« fauchte er, als er herumfuhr. Selana wich ihm eilig aus. »Euer Geplapper könnte einem Halbelfen den Kopf platzen lassen, ganz zu schweigen davon, daß man es auf hundert Schritt hören kann.«

Zwerg und Kender fielen in betretenes Schweigen.

»Ist das da vorne links eine Tür?« fragte Selana, die über die Schulter des Halbelfen nach vorne zeigte.

Tanis blinzelte und sah etwa zwanzig Fuß weiter den Gang hinunter einen unscharfen Umriß. Nach ein paar schnellen Schritten streckte er die Hand aus, um die hölzerne Oberfläche zu berühren. Er tastete an der linken Seite nach einer Klinke.

»Warte!« flüsterte Tolpan, der Selana mit dem Ellenbogen beiseite stieß, um sich neben Tanis zu stellen. »Man geht doch nicht einfach hin und rüttelt an einer fremden Tür, schon gar nicht an einem Ort wie diesem. Es könnte eine Falle dran sein, oder du löst einen Alarm aus oder sonstwas.« Der Kender tastete in einem Beutel herum, wo er schnell fand, was er brauchte, um sich dann an die gefährliche Aufgabe zu machen, nach Schnappern, Drähten, Riegeln, kleinen Nadeln und einem Dutzend anderer Gefahren zu suchen, die seine Gefährten kaum erahnen konnten.

Tanis war dankbar für die Dunkelheit, denn er wurde rot vor Scham. Er war einfach nur darauf aus gewesen, irgendwohin zu gelangen, und dabei hatte er jegliche Vorsicht außer acht gelassen. Nur ein blutiger Anfänger rannte unter so widrigen Umständen einfach durch eine Tür.

»Ich glaube, sie ist sicher«, erklärte Tolpan schließlich, »aber sie war abgeschlossen. Man kann einfach nicht vorsichtig genug sein. Der älteste Sohn vom ältesten Bruder meiner Mutter nämlich, der alte Onkel Schloßknacker – eigentlich wäre er dann doch mein Cousin, oder? Wieso sagen wir denn dann Onkel zu ihm? Jedenfalls, der alte Onkel Schloßknacker – nicht Onkel Fallenspringer, der war viel zu schlau für so was –, Onkel Schloßknacker war eines Tages beim Türaufmachen zu unvorsichtig. Das war's! So was braucht einem natürlich nur einmal zu passieren.«

»Mach die Tür auf, Tolpan«, wies Tanis ihn ausdruckslos an.

»Aber klar doch.« Tolpan stieß sie auf und trat ein. »Bis er starb, war der alte Onkel Schloßknacker groß im Ratschlägeverteilen. ›Schlag deine Mutter nie mit einer Schaufel‹, hat er immer zu mir gesagt. ›Das hinterläßt bei ihr einen tiefen Eindruck.‹« Von der Erinnerung bewegt, schüttelte Tolpan seinen Pferdeschwanz. »Der arme Onkel Schloßknacker. Verrückt wie ein Grottenschrat, wißt ihr.«

Hinter der Tür war ein kleiner Raum, höchstens zehn mal fünfzehn Fuß groß, bei dessen niedriger Decke sogar der Zwerg überlegte, ob er nicht besser den Kopf einziehen sollte. An der gegenüberliegenden Wand befand sich eine weitere, kleinere Tür. Der Raum war fast völlig leer bis auf ein paar große Urnen und einen Rest Feuerholz, das in einer Ecke sorgfältig aufgeschichtet war. Außerdem stand da noch eine roh gezimmerte, verschlossene Kiste von der Größe eines sehr dicken Baumstamms in der Ecke bei der anderen Tür.

Selana verzog die Nase vor Abscheu. »Das stinkt, als wenn hier drin etwas verendet ist.«

»Ratten wahrscheinlich«, sagte Tanis, dessen Atem in feuchten, weißen Schwaden vor ihm stand.

Selana rückte unwillkürlich etwas näher an den Halbelfen heran. »*Bes schedal*«, flüsterte sie, woraufhin sofort ein schwacher Schein praktisch aus dem Nichts erschien und den Raum mit gelblich trübem Licht erhellte. Die Meerelfin erschauerte unter ihrem dünnen Umhang, während sie den Boden nach Bewegungen absuchte. »Wir müssen ziemlich weit unter der Erde sein.«

Flint erschauerte ebenfalls, wenn auch nicht wegen der Kälte oder dem Gedanken an Nagetiere. »Hier bekomme ich Gänsehaut«, bekannte er. »Das Armband ist ganz sicher nicht hier unten, also sollten wir –«

»Großer Reorx!«

Bei Tolpans Fluch zuckten Tanis, Flint und Selana zusammen. Als sie herumfuhren, sahen sie ihn an der Holzkiste. Seine Hand lag an dem jetzt halb geöffneten Deckel.

»Da kommt der gräßliche Gestank her.« Während er mit der Schulter weiterschob, mühte sich der Kender ab, den Deckel ganz hochzudrücken.

»Warte, Tolp-«, setzte Tanis an, doch die Warnung kam zu spät.

Mit angestrengtem Grunzen warf Tolpan den Holzdeckel zurück und blickte in die Kiste. Seine Augen wurden vor Staunen erst ganz groß und tränten dann von dem Gestank.

»Ein Körper!« hustete er. »Junge, ist das eklig, ganz blau und aufgedunsen. Kommt mal her und guckt.«

Flint und Tanis sahen beide Selana an, die sich den Magen hielt und noch blasser als gewöhnlich aussah.

»Tolpan, mach den Deckel zu. Wir verschwinden hier auf der Stelle«, befahl der Halbelf, während er Selana am Arm nahm und sie zur Tür zurückschob.

Tolpan guckte sich den Körper in der Kiste genau an. »Irgendwas an dem Kerl hier kommt mir sehr bekannt vor, Tanis«, murmelte er. »Klein, dick, Knubbelnase –«

Flint, der den Kender gerade gehörig ausschimpfen wollte, erkannte die Beschreibung. Er holte tief Luft, hielt den Atem an und trat auf drei Schritte an die stinkende Kiste heran, um dann hineinzusehen und nachdrücklich zu nicken. »Ich wette um meine Lieblingsaxt, daß das unser Mann ist.«

Trotz ihrer Übelkeit spitzte Selana die Ohren. »Jemand muß das Armband suchen!«

Tolpan beugte sich eifrig in die Kiste.

»Oh, nein, du nicht«, warnte Flint gedämpft. Er nahm den Kender am Arm und führte ihn zu der Tür zurück, durch die sie den Raum betreten hatten. »Du faßt dieses Armband nicht wieder an, falls ich hier irgend etwas zu sagen habe. Und das habe ich. Du bleibst hier hinten außer Reichweite und hältst mit Selana Wache.« Er würgte, bevor er hinzufügte: »Tanis und ich untersuchen die Leiche.«

Flint und Tanis näherten sich wachsam der Kiste. Sie stellten sich auf beide Seiten und blickten voller Abscheu hinein.

»Ich hatte die ganze Zeit erwartet, daß er uns noch zu schaffen macht, wenn wir ihn endlich finden, aber jetzt hat er wirklich den Spieß umgedreht, was, Tanis?«

Tanis grinste angesichts des schwarzen Humors seines Freundes. »Er sieht das vielleicht nicht ganz so. Bringen wir's hinter uns.« Tanis hockte sich auf ein Knie und griff in die Kiste. Dann zog er die Hand wieder heraus und wischte sie vergeblich an seiner Lederhose ab. Verärgert griff er wieder zu, wobei er diesmal den linken Hemdsärmel des Toten erwischte. Er zog, aber die Hand war verdreht und steckte unter dem Körper. Er zog fester und zerrte sie heraus. Der Arm war an der Schulter steif abgeknickt. Mit beiden Händen schob Tanis den Ärmel vom Handgelenk hoch, sah aber nur aufgedunsenes, aschgraues Fleisch.

Flint, der mit dem rechten Arm beschäftigt war, hatte ebensowenig Glück. »Was meinst du, woran unser Freund hier gestorben ist?« fragte er sich und blickte Tanis an. »Ich kann keine Wunde erkennen.«

In diesem Moment holte Tanis erschreckt tief Luft. Flint sah wieder in die Kiste, und ihm stockte fast das Blut in den Adern.

Die Hand des Toten, an deren grauen Fingern Ringe blitzten, hatte sich um Tanis' linken Unterarm geschlossen. Seine leblosen Augen waren weit offen, wenn auch blicklos. Der Körper richtete sich zum Sitzen auf, und sein bleicher Kopf baumelte gräßlich an einem überlangen Hals herunter, als wäre der jetzt nur eine überspannte, gebrochene Feder.

»Ein Zombie!« schrie der Halbelf, der verzweifelt mit seiner rechten Hand nach dem Dolch an seiner linken Hüfte tastete. Er riß die Waffe heraus und setzte sie an Delbridges kaltem, totem Unterarm an, doch der Zombie reagierte kaum, als die Klinge seine Haut durchstieß.

Flint war blitzschnell zur Stelle und hackte bereits mit seiner Axt auf den Arm ein. Tanis taumelte von der Kiste zurück, als der Zombie – ohne seine linke Hand – zurückfiel. Die abgetrennte, zuckende Hand des Toten hielt den Halbelfen weiter fest, doch Tanis löste die beringten Finger einen nach dem anderen mit seiner Klinge, bis die Hand zu Boden fiel und dumpf aufprallte. Ohne zu zögern oder gar aufzuschreien, mühte sich der Zombie weiter ab, mit seinem triefenden Stumpf den Rand der Kiste zu erwischen.

Flint war bereit. Der beherzte Zwerg hob die Axt hoch und ließ sie wie ein geübter Holzhacker immer wieder im Takt heruntersausen, ohne auf das Blut zu achten, das bei jedem Schlag aufspritzte, oder wenigstens auf Tanis, der neben ihm mit seinem Messer zustach. Er wußte, daß ein Zombie nie von seinem Ziel abließ, bis er zerstört, von einem Priester vertrieben oder von seinem Herrn zurückgerufen wurde.

»Ich glaube, du kannst jetzt aufhören, Flint«, keuchte Tanis neben ihm, wobei er den Zwerg an der Schulter berührte. Der Untote – oder das, was von ihm übrig war – zuckte noch zweimal reflexartig und lag dann still.

In Flints Ohren rauschte donnernd sein eigenes Blut, während sich seine grausig verschmierten Hände immer wieder um den Stiel seiner mörderischen Axt schlossen.

Selana und Tolpan hatten entsetzt zugesehen. In dem Raum, der immer noch in das gelbliche Licht des Zaubers der Elfin getaucht war, hörte man nur noch das Keuchen des Zwergs und dcs Elfen.

Fast teilnahmslos beobachtete Tolpan eine kleine, rote Motte, die zwischen den Deckenbalken tanzte. Sie schien vor seinen Augen zu wachsen und wurde zu einem wirbelnden Gewebe aus unzähligen Rottönen, bis sie schließlich die Größe seines Kopfes erreicht hatte.

Inzwischen hatten auch die anderen die schwirrende, wachsende Motte entdeckt, und ihnen war klar: Ein Raum mit einem Zombie konnte nichts Gutes bedeuten.

»Weg hier!« schrien Tanis und Flint wie aus einem Mund.

Aber bevor sich noch irgend jemand regen konnte, zuckte in dem winzigen Raum ein Blitz durch die Luft, der Flint den Bart und Tolpan den Haarknoten ansengte und eine stickige, ölige Rauchwolke hinterließ.

Zwischen den Rauchschwaden stand eine mehr als sechs Fuß große, breite Gestalt. Beim Anblick des gehörnten Kopfes und der dunklen, ledrigen Flügel schrie Selana auf, doch dann rief Tolpan neben ihr: »Das ist ein Mensch, kein Monster!« Sie erkannte, daß die Hörner eine Kappe aus einem Widderkopf und die Flügel ein Umhang waren, der hinter seinen Schultern von einem Gestell gestützt wurde.

Eine riesige Narbe verlief über seine rechte Gesichtshälfte und durch eine leere Augenhöhle. Das verbliebene Auge funkelte vor Mut.

»Wen haben wir denn da?« Der Zauberer starrte den rothaarigen Halbelfen und den Zwerg an, die über dem zerhackten Zombie standen, und dann den staunenden Kender und die zitternde Frau an der anderen Seite der Katakombe. »Was habt ihr denn mit dem armen Omardicar, dem Allwissenden, gemacht?«

Sein Tonfall war leichthin und spöttisch, doch sein linkes Auge glitzerte hart und zornig, als er den Blick wieder Tanis und Flint zuwandte. Blitzschnell hob der Zauberer die Arme und murmelte ein einziges, unverständliches Wort. Ein riesiges Spinnennetz, das vom Boden bis zur Decke ging, erschien aus dem Nichts und wickelte sich um Tanis und Flint. Von den Strängen tropfte klebrige Flüssigkeit, die an den zappelnden Opfern hängenblieb. Je mehr sie sich darum bemühten, sich zu befreien, desto fester legte sich das Netz um sie, bis sie sich kaum noch bewegen konnten und schließlich auf dem Boden zusammenbrachen.

Dann wendete der Zauberer seine Aufmerksamkeit den beiden an der Tür zu. Wieder murmelte er das magische Wort, und die verdrehten Stränge wollten Tolpan und Selana umschlingen. Doch anstatt sich um sie zu wickeln, traf das Netz auf eine unsichtbare Barriere und glitt auf den Boden, wo es kurz aufleuchtete und dann verschwand. Selana grinste ihren Gegner finster an.

»Du überraschst mich, Frau«, sagte der Magier in seiner eindrucksvollen Baritonstimme, wobei auf seinem häßlichen Gesicht eine Mischung aus Bewunderung und Ärger stand, »aber das gelingt Euch kein zweites Mal.«

Selana bereitete schon ihren nächsten Spruch vor, der genau dem Zweck diente, Balkom zu überraschen. Mit ausgebreiteten Fingern streckte die Meerelfin ihre Hände aus und rief: »*Dasen filinda*!«

Ein bunter Farbenschwall drang aus ihren Fingern, spritzte über den Zauberer, lief seinen Körper entlang und drehte ihn halb um. Als er rückwärts gegen die Wand taumelte, stolperte er über ein gebrochenes Brett und fiel auf den schmutzigen Boden. Die scheußliche Widderschädelkappe rutschte ihm vom Kopf und rollte in eine dunkle Ecke, das Flügelgestell des Umhangs zerbrach. Die schwirrenden Farben umzuckten seinen um sich schlagenden Körper weiterhin, während er versuchte, den ruinierten Umhang abzustreifen.

»Leg dich bloß nicht mit Selana an, sonst verwandelt sie dich in eine Wanze!« krähte Tolpan und rannte mit der Meerelfin los, um Tanis und Flint zu befreien. Aber Balkoms Netz war fest und klebrig. Tolpan riß den Dolch aus seinem Hosenbein und säbelte genug Stränge durch, um Tanis' Messerhand zu befreien. Während der Elf sich selbst weiter herausschnitt, widmete Tolpan sich Flint.

»Schnell, der Spruch hält nicht lange an«, drängte Selana. Aber die klebrigen Netzteile wickelten sich um ihre Messerklingen und hingen fest an Tanis' und Flints Armen und Beinen.

»Ich hatte viel Glück, daß meine Sprüche bei ihm gewirkt haben«, flüsterte sie dem Halbelfen zu. »Wer er auch ist, er ist viel mächtiger als ich. Ich habe keine Sprüche und auch keine Kräuter mehr.«

Noch während sie sprach, stieß Balkom seine daumenlose rechte Faust durch den Farbenwirbel in die Luft. Ein Ring an seinem Finger glühte.

»Weg!« schrien sowohl Flint als auch Tanis gleichzeitig. Balkoms Hände malten Muster in die Luft, als er – immer noch auf dem Rücken liegend – etwas murmelte. Funken sprühten um ihn herum, und seine Hände wurden heiß und rot.

Sobald Tolpan seinen Dolch von den klebrigen Netzsträngen befreit hatte, sprang er vor und stach nach dem Zauberer. Doch die Klinge ging dicht an der Kehle des Zauberers vorbei, als hätte eine unsichtbare Hand sie weggestoßen. Mit einem teuflischen Grinsen griff Balkom nach Tolpans Arm, wobei blaue Funken wie winzige Blitze über seine Finger liefen.

Tolpan sprang zur Seite und konnte der glühenden Hand knapp ausweichen. Dabei prallte er gegen die Urne in der Ecke. Mit beiden Händen kippte er sie auf Balkom und trat den Magier dann kräftig in den Magen. Die Urne zerbrach, als Balkoms Hand sie berührte, und Tolpans Tritt glitt genauso ab wie zuvor der Dolch, doch immerhin hatte der Magier das Gleichgewicht verloren.

Tanis schrie: »Lauf, Tolpan, und bleib bloß nicht stehen!«, während Flint fluchend mit dem Netz kämpfte.

Instinktiv schnappte der Kender Selana an der Taille und stieß sie zur Tür. Dort blieb er einen Moment stehen und blickte in den schwach erleuchteten Raum zurück. Balkom schüttelte bereits die Scherben ab und bereitete einen neuen Spruch vor. Der Kender sah zu Tanis und Flint hin, die immer noch mit dem verhedderten Netz kämpften.

»Kümmer dich nicht um uns, du Türknauf! Bring bloß Selana in Sicherheit!«

Tolpan drehte sich um und rannte hinter Selana durch den dunklen Gang. Plötzlich löste sich aus Balkoms Fäusten ein Blitz. Entsetzlich donnernd, zuckte er durch den engen Korridor hinter den Fliehenden her. Mit einem Blick über die Schulter sah Tolpan das gleißend blaue Licht im Zickzack zwischen den Wänden hinter sich herrasen, wobei es bei jedem Aufschlag riesige Brocken aus der Wand riß. Er hatte Selana inzwischen fast eingeholt, und mit einem weiten Satz warf er sie auf den kalten Boden. Der magische Blitz sauste an ihnen vorbei und bedeckte sie mit Mörtel und Steinchen aus den Wänden. Einen Augenblick später war Tolpan schon wieder auf den Beinen und zerrte Selana weiter.

Als Balkom um die Ecke spähte, war nur noch Geröll zu sehen, das den engen Gang herunterkullerte. Beißender Ozongeruch drang ihm, mit Staub vermischt, in die Nase, doch den charakteristischen Gestank von verbranntem Fleisch roch er nicht.

Hämisch grinsend, kehrte der aufgebrachte Magier zu den beiden Gefangenen im Netz zurück. »Eure Freunde sind erst mal entkommen. Aber es wäre besser für sie, wenn sie im Tunnel gestorben wären.«

Balkom zog eine Schriftrolle aus den Tiefen seines Umhangs. Nachdem er das Wachssiegel aufgebrochen und sie entrollt hatte, las er laut vor, verdrehte die Zunge und gab unnatürliche, magische Laute von sich. Beim Rezitieren ringelten sich Rauchfähnchen von der Schriftrolle hoch. Tanis konnte sehen, wie sich braune Flecken bildeten, als ob große Hitze das Pergament von der anderen Seite her verbrannte. Nachdem er am Ende des Zaubers angelangt war, ließ Balkom die Schriftrolle los, so daß sie zu Boden flatterte. Bevor sie auch nur einen Fuß gefallen war, ging sie in Flammen auf, und puderfeine Asche rieselte zu Boden. Der Raum wurde sehr heiß und still, bis ein gewaltiger Windstoß Flint und Tanis Staubwolken ins Gesicht trieb und Balkoms Umhang erfaßte. Der Zauberer stand ungerührt da und starrte geradeaus.

Tanis sträubten sich die Haare, als ein schwarzer Punkt im Raum erschien, wirbelnd größer wurde, schreckliche Gestalt annahm und sich dann wieder auflöste, nur um etwas noch Größeres und Scheußlicheres zu werden. Als er seine volle Größe erreicht hatte, stand das Monster Balkom Auge in Auge gegenüber. Es war eine Art Riesenkatze, ein Panther oder Puma, aber es war nicht wirklich. Für Tanis sah es aus, als wäre es aus verfestigtem Schatten, der sich in einem seltsamen, inneren Rhythmus bewegte und veränderte.

Balkom sprach zu der unheimlichen Gestalt: »Ein männlicher Kender und eine Elfin haben mir Ärger gemacht. Töte sie.« Er warf einen bösen Seitenblick auf seine Gefangenen.

Ein seltsam wischendes Geräusch hallte durch den Raum und verschwand dann im Tunnel, als das Schattenwesen seiner Beute nachjagte.

Tolpan riß die Tür am Ende des aufsteigenden Gangs auf, und er und Selana stürzten in den geschützten Eingang, wo sie in die helle Sonne blinzelten.

»Wo können wir uns verstecken?« rief Selana, die sich Staub und Schmutz vom Gesicht wischte.

»Nirgends«, antwortete Tolpan, »jedenfalls jetzt noch nicht. Dieser Zauberer ist bestimmt hinter uns her. Wir müssen weit weg sein, bevor wir uns ausruhen können. Schnell weiter.«

Er versuchte, Selana wieder auf die Beine zu zerren, doch die junge Elfin wehrte sich. »Wohin?«

»Zum Marktplatz. Auf einem Marktplatz häng' ich jeden ab, besonders, wenn etwas los ist.« Er zog Selana auf die Beine, und schon rannten beide zum Markt.

Da hörten sie es hinter sich krachen. Als sie sich umschauten, sahen sie, daß die Tür, aus der sie gerade herausgekommen waren, aus den Angeln gerissen war und über die Erde schlidderte. Riesige Klauen hatten sie zerfetzt, und die Monsterhände zerbrachen jetzt die dicken Holzbretter und schlitzten sogar ein verstärkendes Eisenband auf. Dann brach es aus dem Schatten, ein gewaltiges, magisches Phantom, das in großen Sätzen auf sie zusprang.

»Was ist das?«

»Ein Problem!« schrie Tolpan, während er die vor Angst erstarrte Meerelfin voranstieß. Mit dem Mut der Verzweiflung rannten Kender und Prinzessin über den offenen Platz in den überfüllten Basar. Als Tolpan einen Blick nach hinten wagte, sah er die schwarze Gestalt unaufhaltsam näherkommen, wobei sie eine wehende Staubfahne hinter sich her zog.

Sie rannten um eine Ecke und stießen gegen einen Bauernkarren, der mit Frühlingszwiebeln und Knoblauch beladen war. Tolpan ging auf die Knie und kroch darunter; Selana folgte seinem Beispiel.

Keuchend fragte Selana: »Was ist das? Hat sich der Zauberer in dieses Wesen verwandelt?«

»Ganz bestimmt nicht. Ich vermute, daß er irgendein magisches Monster beschworen hat, so was wie einen unsichtbaren Pirscher, nur den hier kann man als Schatten sehen. Die Zauberer holen sie von anderen Ebenen, damit sie ihnen dienen. Es sind grauenvolle Biester, die aber ein kurzes Leben haben. Wir müssen einfach in Bewegung bleiben.« Tolpan suchte die engen Gassen ab und wählte rasch den besten Fluchtweg aus. Sobald Selana wieder stand, waren sie auf und davon.

Hinter ihnen zerbarst der Wagen mit den Zwiebeln. Das Untier war hineingeknallt und zerfetzte ihn, wobei es in der ganzen Umgebung Zwiebeln und Knoblauch regnete. Das Geschrei und Gebrüll der Händler vermischte sich mit dem entsetzlichen Brüllen des Biests, das zwischen den Überresten des Wagens kurz innehielt, um die Leute, die im Weg standen, zu verjagen.

Die Flüchtlinge verschwendeten keine Zeit. In einem schwindelerregenden Zickzackkurs rannten sie durch den Basar, mal rechts, dann links, dann wieder links, bis Selana jede Vorstellung davon verloren hatte, in welche Richtung sie rannten. Vor lauter Herzklopfen konnte sie kaum noch Tolpans Anweisungen verstehen, während er ihnen den Weg kreuz und quer durch die Gassen suchte.

Selana japste nach Luft und ihr wurde vor Seitenstechen fast schwindelig, da endlich blieb Tolpan in einer engen Gasse stehen. »Ich glaube, wir haben das Schattenmonster abgehängt«, keuchte er, während er sich mit den Händen auf den Knien abstützte, »vorläufig ...«

Selanas Brust keuchte nur, sie konnte noch nicht wieder sprechen. Sie sah Tolpan an und brachte schließlich heraus: »Du glaubst nicht, daß es schon aus ist mit ihm?«

»Nein, wir sind noch nicht einmal halb so lange gerannt, wie es sich anfühlt. Ich vermute, es ist immer noch irgendwo in der Gegend.«

»Was kann ein Schatten uns antun?« fragte sie.

»Du bist eine Zauberin und fragst solche Sachen?« Er schüttelte den Kopf. »Ich habe vor allem Respekt, was von anderen Ebenen herbeigerufen wird.«

Stöhnend wollte Selana gerade zu Boden sinken, als Tolpan sie am Arm packte. »Riechst du das?« Er blickte sie durchdringend an. »Knoblauch und Zwiebeln ...«

Nachdem sie einander entsetzt angestarrt hatten, sahen sie sich beide um. Plötzlich spähte ein dunkler, verschwommener Kopf um die Ecke. Eine geisterhafte Pranke schlug zu, und Selana schrie auf. Wieder ging es weiter. Tolpan hielt Selana am Ärmel fest, während das Untier ihnen nachjagte.

Tolpan machte eine Kurve nach der anderen, bis er sich umschaute. Da entdeckte er – das Schattenmonster, aber keine Selana! Er hielt immer noch einen Fetzen von ihrem Ärmel in der Hand, aber sie hing nicht dran.

Den Panther dicht auf den Fersen flitzte Tolpan durch die auseinanderspringenden Zuschauer. Als er um eine weitere Ecke bog, stolperte er über einen Stapel Körbe. Er rutschte über einen Teppich voller Stiefel und Schuhe und knallte gegen einen Pfosten. Der Aufprall preßte ihm die Luft aus den Lungen, und er japste nach Luft. Während er versuchte, den Schmerz unter Kontrolle zu bekommen, krabbelte er auf die Beine. Über den Korbstapel spähte das Schattenmonster, dessen schwarze Zähne unter seinen schwarzen Augen leuchteten. Hinter ihm war zu Tolpans Entsetzen nur eine Sackgasse. Die Dorfbewohner brachten sich eilig in Sicherheit, und Tolpan hörte, wie die wenigen Türen und Fenster in der Sackgasse verriegelt und verrammelt wurden.

Mit aufgeregt klopfendem Herzen stellte sich Tolpan dem Monster. Er machte einen schnellen, aber vergeblichen Versuch, die Reste des magischen Netzes an einem Holzpfosten von der Klinge seines Dolches abzukratzen. Während er die verklumpte Waffe vor sich hielt, erwartete er den Angriff.

Das Schattenmonster duckte sich, fauchte und schlug mit seinem tintenschwarzen Schwanz. Dann sprang es los und überwand die Entfernung zu Tolpans Platz mit einem Satz. Obwohl er wußte, daß seine Reflexe dem magischen Untier weit unterlegen waren, warf sich Tolpan zur Seite, weil er hoffte, so dem eigentlichen Angriff zu entgehen.

Eine Klaue fuhr heraus und schmiß den Kender in einen Stapel Häute. Er rollte sich zur Seite und sprang auf, weil er erwartete, zu Salat verarbeitet zu werden, doch es kam kein Angriff. Das Schattentier zuckte und flackerte, um sich dann in zahlreiche, schnell schrumpfende, dunkle Fäden aufzulösen.

Zerschlagen und keuchend warf Tolpan mit einem Triumphschrei die Arme hoch. Der Spruch des Zauberers war abgelaufen! Der jubelnde Kender schlug mit dem Knauf seines Messers an Türen und Fensterläden und schrie: »Ich hab's besiegt! Heda! Ihr könnt jetzt rauskommen!«

Tanzend und hüpfend, machte er sich durch die verstreuten Waren zurück zur Hauptstraße auf. Langsam kamen die Leute wieder aus ihren Häusern.

Wo war Selana, fragte der Kender sich plötzlich. Keuchend stieg Tolpan aus der engen Gasse auf eine größere Straße. Während er gleichmäßig dahintrabte, sah er den unbewachten Verkaufsstand eines Bäckers. Ein langer, heller, knuspriger Brotlaib stach ihm ins Auge. Er griff zu und steckte ihn sich unter den Arm, während er weiterlief und immer nach Selanas blauer Robe Ausschau hielt.

»Bißchen komisch, einen Wagen voll Essen einfach so stehenzulassen«, murmelte er vor sich hin, »aber was für ein Glück für mich! Ich habe in letzter Zeit etwas wenig Geld. Ich muß dran denken, diesen Bäcker zu finden und zu bezahlen, sobald ich dazu komme.«

Tolpan sah sich um, falls Selana zufällig hinter ihm aus einer Gasse treten würde. Doch da erblickte er niemanden außer einer alten Frau, die ihre verstreuten Waren aufsammelte. Er bog um eine weitere Ecke.

Plötzlich umklammerte eine Hand verzweifelt seinen Oberarm. Er fuhr herum, und weitere Finger legten sich über seinen Mund, woraufhin er in die Schatten eines zurückgesetzten Eingangs gerissen wurde. Auf der Stelle biß Tolpan fest in die Finger und rammte seinem Angreifer den Ellbogen in den Magen, während er seinen Arm losriß. Als er sich umdrehte, sprang er mit hoch erhobenem Brot kampfbereit in Verteidigungsstellung.

»Selana!«

Stöhnend lag die Meerelfin auf den Knien, hielt sich den schmerzenden Bauch und versuchte zwischendurch, das Blut zu stillen, das von ihren verletzten Fingern tropfte. Beschämt zog der Kender eine Baumwollbinde aus seinem Gepäck und machte sich daran, ihr die Hand zu verbinden.

»Bei den Göttern, Selana, das tut mir furchtbar leid. Ich wußte nicht, daß du das warst«, murmelte der Kender. »Das ist aber auch keine gute Idee, einem auf die Art aufzulauern. Ich hätte dich umbringen können!« Er half ihr dann auf die Beine. »Es geht doch schon wieder, oder?«

Die Meerelfin war eindeutig schwer mitgenommen. Ein Arm lag immer noch über ihrem Magen. Mit großer Anstrengung stellte sie sich aufrecht hin und nickte dann. »Ich hatte da hinten beschlossen, einen anderen Weg zu nehmen, weil es nur einem von uns folgen konnte«, brachte sie pfeifend heraus, denn das Atmen fiel ihr immer noch schwer.

Tolpan schlug die Arme übereinander und reckte sein Kinn in die Luft. »Ich hätte dich beschützt«, sagte er beleidigt. »Jetzt ist es jedenfalls weg.«

Der Meerelfin war ihr kornblumenblauer Schal von den Schultern gerutscht, den sie jetzt ängstlich wieder über ihr helles Haar zog. »Was machen wir jetzt?«

Da er nicht zu denen gehörte, die im Kampf lieber davonrannten, merkte der Kender, daß er angesichts ihrer mißlichen Lage wütend wurde. Er zeigte mit dem langen Brotlaib auf Selana. »Wir haben Freunde in der Burg zurückgelassen. Wir können Tanis und Flint nicht einfach da sitzenlassen. Ich würde sagen, wir gehen sofort zurück und holen sie.« Tolpan trat auf die Straße, doch Selanas Hand erwischte den Riemen seines Schulterbeutels und zog ihn zurück. »Laß mich los!« fauchte er, während er sich grob aus ihrem Griff wand.

»Denk doch mal nach, Tolpan!« Selanas Augen funkelten, und zum ersten Mal sah Tolpan sie so, wie sie bei sich zu Hause sein mußte – kein verwirrter, dummer Dickkopf, sondern königlich und befehlend. Er hörte zu.

»Jeder in der Burg muß gesehen haben, wie wir von diesem Monster gejagt wurden«, sagte sie. »Wenn du es schaffst, unbemerkt bis zur Burg zu kommen, was sagst du dann? Daß wir im Keller der Burg herumgeschnüffelt haben, einen Zombie fanden und von einem Zauberer verjagt wurden – *ihrem* Zauberer? Das bringt dir nur ein, daß du selbst verhaftet wirst, und das hilft überhaupt keinem, am wenigsten Tanis und Flint.«

Tolpan steckte seine Hände unter die Achseln und zog die Schultern bis zu den Ohren hoch. »Wir können Tanis und Flint nicht da drin lassen«, sagte er finster.

Selana sah ihn wütend an. »Natürlich nicht.« Die Meerelfin

knabberte stirnrunzelnd an ihrem Fingernagel, während sie nachdachte. »In der Burg gehen seltsame Dinge vor, und ich glaube, wir sind mitten hineingestolpert. Wenn wir nur noch einmal dort reingehen und ein bißchen herumforschen könnten ...«

»Ich wünschte, ich hätte noch meinen magischen Transportring«, warf Tolpan ein. »Dann könnten wir einfach überall auftauchen, wo wir wollen. Hab' ich dir schon von meinem Ring erzählt?«

Natürlich hatte er das. Tolpan erzählte jedem, den er traf, irgendwann von diesem höchst erstaunlichen Gegenstand. Aber diese Bemerkung brachte Selana auf eine andere Idee. Mit geschürzten Lippen griff sie in ihre bauschige Robe, fummelte herum und zog ein langes, dünnes Gefäß aus glattem, lila Glas heraus, das von einem wolkigen Kristallstopfen in Form eines Seetangwedels verschlossen war. Sie hielt es nachdenklich hoch und traf dann eine spontane Entscheidung.

»Wir trinken das hier!«

Kapitel 3

Vögel aus einer Feder

Was ist das? wollte Tolpan wissen und griff instinktiv nach … dem kleinen, lila Gefäß, das Selana in der Hand hatte.

Die Meerelfin drehte sich rasch um, um seinem Griff auszuweichen. »Ein Trank.«

»Was bewirkt er?«

»Es ist ein Verwandlungstrank«, erwiderte sie, während sie ihn immer noch schützend festhielt.

Tolpans Gesicht verzog sich erstaunt. »Verwandlung?«

»Ja. Wer ihn trinkt, kann jede beliebige Gestalt annehmen.«

»Du meinst, man kann dick oder dünn oder klein oder groß werden oder seine Haarfarbe ändern oder so?« fragte Tolpan. »Dann erkennt uns keiner. Wir könnten schnurstracks in die Burg marschieren.«

Selana lächelte. »Man kann all das tun und noch viel mehr. Du kannst dich sogar in etwas ganz anderes verwandeln – in einen Hund zum Beispiel oder in ein Pony oder sogar in einen Fisch.«

Tolpan riß die Augen vor Staunen weit auf, als er die schlanke Phiole anstarrte und ungeahnte Möglichkeiten durch seinen Kopf zuckten. »Worauf warten wir dann?« Wieder griff er spontan nach dem Trank, doch Selana schob ihn zurück.

»Sei vorsichtig«, schimpfte sie. »Mehr hab' ich nicht.«

Tolpan wich verlegen zurück, doch seine Augen wichen nicht von dem Trank in Selanas Hand. »Ich mein' ja nur, je eher wir loskommen, desto eher können wir Tanis und Flint rausholen.«

»Und desto eher bekomme ich mein Armband. Es gibt da nur ein Problem«, fuhr Selana langsam fort. »Es ist nur diese eine Portion. Ich fürchte, daß nur ich sie benutzen sollte.«

Tolpans Gesicht war enttäuscht. »Du kannst mich nicht zurücklassen! Du wirst meine Hilfe brauchen. Du weißt überhaupt nichts über Schlösser. Diese Burg ist ein unglaublicher Irrgarten, nicht zu vergessen all die Ecken und Winkel in den Nebengebäuden. Ich kann dir helfen, dich dort zurechtzufinden.«

Selana zuckte mit den Schultern. »Ich fürchte, ich kann nichts machen, Tolpan. Ich habe nur den einen Trank.«

»Aber wenn du mich hierläßt, schickt dieser Zauberer bestimmt seine Schläger los, die mich fangen und foltern und mich dazu bringen, ihnen von dir und dem Trank zu erzählen. Überleg doch, in welcher Gefahr du dann schwebst!«

Die Meerelfin unterdrückte ein amüsiertes Lächeln.

»He, ich hab' eine Idee«, redete Tolpan weiter. »Was würde passieren, wenn wir den Trank teilen?«

Selana überlegte eine Weile, bevor sie die Frage beantwortete. Sie wußte, daß der Kender bestimmt etwas Unüberlegtes tun und gefangen werden würde, wenn man ihn sich selbst überließ. Und darüber hinaus war sie bisher nur in einem einzigen Schloß gewesen, und das war während der Umwälzung ins Meer gesunken und inzwischen zur Ruine verfallen. Schon die normalen Häuser der Landbewohner waren ihr fremd; wie erschreckend würde dann erst eine Burg sein? Vielleicht würde sie Tolpans Hilfe wirklich brauchen.

»Wenn wir den Trank teilen«, sagte sie langsam, »dann hält er bei uns beiden nur halb so lange an. Ich weiß, wenn ihn einer ganz austrinkt, wirkt er vier oder fünf Stunden, je nach Gewicht, und wir sind beide ziemlich leicht.«

Selana sah dem Kender direkt in die Augen. »Ich will dir eine wichtige Frage stellen, Tolpan. Glaubst du ehrlich, daß wir beide in weniger als zwei Stunden einen Weg durch die Burg finden, Flint und Tolpan suchen und befreien, mein Armband finden und wieder verschwinden können?«

Tolpan plusterte sich auf. »Ich weiß, daß ich es könnte. Ich war in Dutzenden von Burgen vom Blutmeer bis zum Düsterwald. Ich hab' den Trick raus, wie ich da rein und wieder raus komme. Wenn du mich dabei hast, wird das so einfach, wie einen Fisch in der Pfütze zu erlegen.«

»Ich wünschte, wir könnten zum Schloß laufen und den Trank erst in letzter Minute trinken«, murmelte sie, »aber wir können es nicht riskieren, daß man uns sieht. Wir müssen eine Gestalt annehmen, die schnell vorwärtskommt.«

»Ein Pferd, meinst du?« schlug Tolpan vor.

»Ich meine, etwas Unverdächtiges.« Selana nagte wieder an ihrem Fingernagel, während sie nachdachte. »Ein Vogel vielleicht.«

»Toll!« schrie Tolpan. »Ich wollte schon immer mal fliegen. »Ein Falke – oder wie wär's mit einem Kondor? Die sind wirklich stark. Oder vielleicht ein Riesenziegenmelker?«

»Ich weiß nicht mal, was das ist. Schau mal, Tolpan«, erklärte Selana überaus geduldig, »wir wollen doch nicht gesehen werden. Wir müssen einen ganz gewöhnlichen Vogel nehmen, damit wir nicht auffallen.«

Genau in diesem Moment landete ein kleiner, graubrauner Vogel in ihrem Eingang, wo er nach Krümeln suchte. »So wie der da«, fügte Selana hinzu.

»Ein Sperling? Die sind schrecklich klein und wenig beeindruckend«, schmollte Tolpan.

»Dann sind sie perfekt«, sagte Selana und entkorkte das Gefäß. Sie setzte es an die Lippen, doch bevor sie schluckte, warf sie einen forschenden Blick auf das eifrige Gesicht des Kenders. Bevor Selana an Land gegangen war, hatte sie noch nie etwas von Kendern gehört. Tolpan, der einzige Kender, den sie kannte, wirkte zwar ehrlich und offen, aber unberechenbar. Sie hielt inne. »Das hier ist kein Spiel, Tolpan. Was wir vorhaben, könnte gefährlich werden. Versprich mir, daß du dicht bei mir bleibst und keine Zeit verschwendest.«

»Wer verschwendet hier Zeit?« fragte der Kender beleidigt, während er ungeduldig mit dem Fuß tappte.

Selana verdrehte die Augen, neigte das Gefäß dann wieder und trank etwas weniger als die Hälfte. Nachdem sie abgeschätzt hatte, wieviel noch übrig war, nahm sie einen letzten, kleinen Schluck, bevor sie den Trank Tolpan gab.

Mit kugelrunden Augen legte der Kender achtlos das Brot

beiseite und kippte ohne Zögern den Rest des scharfen Tranks herunter.

»Ich merke keinen Unterschied«, sagte er sofort, während er zur Bestätigung mit den Händen über seinen schlanken Körper fuhr. Dann begann seine Kehle zu jucken, als wenn ihm die Zunge einschliefe. Dieses Gefühl breitete sich rasch durch den Hals in den Magen aus, um dann durch jeden Teil seines Körpers zu sausen, bis es mit einem leisen »Plopp« in seinen Fingern und Zehen ankam. Danach war das Kitzeln vorbei, und er fühlte sich plötzlich hellwach.

»Mir geht's phantastisch! Was machen wir jetzt?«

»Denk einfach, du wärst ein Vogel«, sagte Selana. »In eurer Sprache kann man es leider nicht besser erklären. Du mußt dich entspannen und es dir einfach vorstellen. Wenn du dich zu sehr bemühst, klappt es nicht.«

Tolpan sah staunend zu, wie zarte, glitzernde, gelbe Fäden Selana umschwirrten. Eine Sekunde später war die Meerelfin verschwunden, und an ihrer Stelle flatterte ein kleiner Vogel mit ungewöhnlich großen Augen herum.

»Selana?« fragte Tolpan mit seinem breitesten Grinsen. »Das war wirklich sauber! Ich –«

Der kleine Vogel landete auf Tolpans Schulter und zirpte ungeduldig.

»Ja, verstanden, ich beeil' mich schon«, sagte der Kender. Während er die Augen fest zumachte, um sich zu konzentrieren, versuchte er, sich vorzustellen, wie seine Arme sich mit Federn bedeckten und an seinen Seiten flatterten. Als er ein Auge aufschlug, schnappte er angesichts der graugefleckten Flügel, die dort waren, wo seine Arme sein müßten, nach Luft. Als er an sich herunterblickte, sah er – Füße! Er war kein Vogel, er war nur ein Kender mit Flügeln! Etwas piepste und flatterte wild um seinen Kopf. Ohne darauf zu achten, ob vielleicht jemand zusah, schloß Tolpan wieder die Augen. Er rief sich Selanas Hinweis ins Gedächtnis, atmete tief durch und stellte sich einen Sperling vor.

Nachdem er ganz in diesem Vorhaben versunken war, fiel Tolpan plötzlich auf, daß die Welt größer klang und voller Echos war, daß seine Nase sich mit Gerüchen füllte, die er vorher nie bemerkt hatte – Steine und Erde und Pollen, vermischt mit summenden Insekten und donnernden Schritten. Ein plötzlicher, kräftiger Wind erfaßte ihn und warf ihn um. Überrascht schlug er die Augen auf. Die Welt hatte alle Farben verloren, war nur noch schwarz und weiß.

»He, Selana!« wollte er sagen, doch es kam nur Zirpen und Piepsen aus seinem Mund. Während er über den Plattenweg flatterte, warf er einen Blick auf seine Nase und erkannte den Grund: Er hatte einen Schnabel! Er streckte die Arme aus und fühlte, wie die Federn den Wind einfingen. Das ist noch besser als Teleportieren, dachte er.

Tolpan breitete die Flügel aus und düste nach oben. Er neigte einen Flügel und fegte über die kleine Veranda, verschätzte sich mit der Entfernung und streifte mit der Flügelspitze an der Ziegelmauer entlang. Während er ins Freie steuerte, um sich zu fangen, lernte er eifrig, seinen neuen Körper zu beherrschen, indem er dessen Besonderheiten ausprobierte. Als er gerade fand, jetzt hätte er alles begriffen, fegte der Wind um eine Hauswand und wirbelte ihn wie ein Blatt herum.

»Tolpan, kämpf nicht gegen die Strömung«, sagte eine Stimme, die sich entfernt nach Selana anhörte, aber einen komischen Akzent hatte. Tolpan suchte herum, bis er die in einen Sperling verwandelte Meerelfin entdeckt hatte, die mehrere Dutzend Schritt entfernt kreiste. Ihre Stimme hatte sich allerdings viel näher angehört, überlegte er.

»Ja, du hörst wirklich mich«, sagte der kleine Vogel, dessen

Federkrönchen wippte, »aber ich rede nicht richtig. Ich habe einen Zauber benutzt, der es uns gestattet, miteinander zu ›denken‹, sonst könnten wir uns gar nicht verständigen. Falls Vögel sich unterhalten, weiß ich nicht wie, und wir haben keine Zeit, das herauszufinden. Wir haben auch keine Zeit zum Spielen«, fuhr ihre leise Stimme in Tolpans Kopf fort. »Nutze die Strömungen – laß dich von ihnen tragen. Es ist ganz ähnlich wie Schwimmen.«

Tolpan fand diesen Vergleich wenig hilfreich, denn in seinen achtzehn Jahren war er fast so wenig geschwommen wie geflogen. Dennoch befolgte er den Rat und stellte fest, daß die Luftströmungen ihm weniger Probleme bereiteten.

Selana ließ ihn noch ein paar Minuten lang ausprobieren, bevor sie fragte: »Fühlst du dich schon sicher genug, um zur Burg aufzubrechen? Wir müssen uns wirklich beeilen.«

Tolpan nickte eifrig mit dem gefiederten Kopf. Während sie Tolpan mit einem Flügelschlag aufforderte, ihr zu folgen, schoß Selana in den Himmel hoch über den einfachen Straßen von Tantallon. Dicht hinter ihr flatterte Tolpan, der sich doch sehr wie ein Jungvogel auf seinem ersten Ausflug aus dem Nest vorkam.

Ah, die Welt sah durch Vogelaugen ganz anders aus, sagte sich Tolpan. Er sah alles in lebhaften Grautönen – viel mehr Grautöne, als er sich je vorgestellt hätte. Sein Blick war so scharf, daß er sogar Käfer auf den Blättern tief unter sich erkennen konnte. Besonders eine Raupe stach ihm ins Auge, weil sie so fett und saftig aussah, und Tolpan merkte, wie er kreisend zurückflog und sich den Leckerbissen schon vorstellte. Nur Sekunden, bevor er auf die arme Raupe herunterschoß, um sie mit seinem hungrigen Schnabel zu vertilgen, fiel Tolpan auf, was er da gerade vorhatte. Er schüttelte sich und sträubte die Federn.

»Igitt! Selana, ich hätte fast eine Raupe gefressen!« jaulte er.

Als sie sein erschüttertes, braunschwarzes Gesicht sah, sprach Selana wieder direkt in seinem Kopf. »Du handelst aus Instinkt«, erklärte sie ihm. »Denk dran, du bist jetzt ein Vogel.«

»Wie könnte ich das vergessen?« sagte er. Fliegen war viel aufregender, als er sich je vorgestellt hatte, und er hatte sich in seinem kurzen Leben schon viel vorgestellt. Immer wenn er in der Vergangenheit darüber nachgedacht hatte, hatte er jedoch seinen eigenen Körper gesehen, der mit den Armen flatterte. Oder er sah sich in Gestalt eines majestätischen Raubvogels, einer Eule zum Beispiel.

Plötzlich fühlte er sich schwerer und dicker. Der Wind hatte sich nicht verändert, aber er warf ihn viel weniger herum. Seine Flügel hatten enorme Kraft, und sein Blick war unglaublich geschärft. Er sah eine Maus zwischen ein paar Fässern in einer Gasse herumhuschen und beobachtete, wie das kleine Nagetier seinen Geschäften nachging, ohne zu merken, daß es belauert wurde.

Ein Schrei in seinem Kopf ließ Tolpan herumfahren. Beim Aufblicken sah er Selana herbeisausen.

»Tolpan! Sei nicht albern und konzentrier dich auf Spatzen!«

Plötzlich verstand Tolpan, warum er sich anders fühlte. Er war zur Eule geworden. Er schlug zweimal mit seinen ausgebreiteten Schwingen und schoß vorwärts, um dann auf einer Säule Warmluft aufwärts zu kreisen. Die Kraft und Geschmeidigkeit dieses Körpers waren berauschend. »Laß mich so bleiben, Selana, nur bis wir im Schloß sind.« Tolpans Stimme bettelte in Selanas Kopf.

»Dann bemerkt man uns auf jeden Fall«, erwiderte sie zornig. »Sperling!«

Widerstrebend konzentrierte sich Tolpan wieder auf die kleinere Vogelgestalt. Sofort fühlte er sich wieder leichter.

»So ist es gut«, hörte er Selana sagen. »Schau nach unten, dann siehst du, daß wir schon den Fluß überquert haben.« Und wenig später waren sie über die Befestigungsmauern mit den Steinsoldaten hinweg.

»Ich habe uns so weit gebracht, wie mein Wissen vermag«, sagte Selana. »Was machen wir jetzt?«

Tolpan hatte bereits ein Gebäude mit der Aufschrift »Kerker« entdeckt. Er vermutete, daß der Magier Flint und Tanis dorthin gebracht hatte, weil es sicherer war. Dennoch konnte es nie schaden, sich umzusehen und die Burganlage zu untersuchen. »Los, komm«, sagte er und winkte Selana neben sich herunter, als er knapp über das Zinnendach eines Wachturms fegte, der im hinteren Teil des Hofes stand, damit man das Kommen und Gehen in der Burg verfolgen konnte.

Tolpan ließ sich neben ein paar anderen Vögeln nieder – größtenteils weitere Spatzen mit ein paar fetten Tauben dazwischen, die allesamt instinktiv argwöhnisch zur Seite rückten. Die warme Sonne auf seinen Federn tat ihm gut, und Tolpans Augen klappten lethargisch zu.

»Schlaf hier bloß nicht in der Sonne ein«, warnte ihn seine Begleiterin mit ihrer inneren Stimme. Sie pickte ihn leicht mit dem Schnabel an.

»Aua!« Tolpans dunkle Perlenaugen flogen auf. »Hab' ich doch gar nicht gemacht! Ich hab' nur geblinzelt, um in dieser Helligkeit besser sehen zu können.« Er plusterte sein Gefieder auf und rutschte eine Vogelbreite beiseite.

»Nicht schlimm«, antwortete Selana. »Wo müssen wir jetzt hin?«

»Siehst du das Gebäude, wo ›Kerker‹ dran steht?« fragte er. Es stieß an die Außenmauer an und war mit der Burg über einen Kreuzgang verbunden, einem an den Seiten offenen, überdachten Weg. »Wenn wir Glück haben, hat man sie dorthin gebracht. Wenn nicht, sind sie immer noch tief unter der Erde, wo wir viel schwieriger rein und wieder raus kommen.« Tolpan suchte das Verlies nach vogelgroßen Eingängen ab. »Laß uns mal zu dem hohen Fenster an der Rückwand fliegen. Von da aus kommen wir rein.«

Sekunden später hatten sie den Platz überquert und hockten auf dem Fenstersims. Tolpan spähte ins Dunkle und war überrascht, wie schnell sich seine Augen an das Dämmerlicht anpaßten. Der Raum war offenbar eine Zelle. Eine schwere, metallbeschlagene Holztür verschloß den Eingang. Das Fenster, wo sie saßen, war zu schmal, als daß ein Mensch hindurchgepaßt hätte, und wäre selbst für Tolpan in seiner normalen Größe eng gewesen.

»Hier ist niemand«, dachte Selana. »Wie viele Räume wie der hier werden wohl noch da sein?«

»Wahrscheinlich zwei oder drei«, erwiderte Tolpan und legte den Kopf schief. Ein dicker Käfer krabbelte die Steine am Rand des Fensters hoch und hielt auf eine kleine Ritze im Mörtel zu. Tolpan sah ihn sich genau an, was den Käfer offensichtlich erschreckte, denn er rannte schneller auf die sichere Ritze zu.

Tolpan breitete die Flügel aus. »Wir bleiben am besten in Bewegung.«

»Warte!«

Selanas Warnung erwischte Tolpan mitten im Abflug. Als er versuchte, anzuhalten, wurde er statt dessen schneller und taumelte vom Sims ins Gefängnis hinein. Nach vergeblichem Geflatter landete er sanft auf einem schimmligen Strohhaufen auf dem Boden.

»Schnell!« schrie Selana, »das mußt du sehen!«

Immer noch mit Stroh in den Federn und ziemlich verärgert, huschte Tolpan auf den Sims zurück. »Was ist los?«

Selanas Stimme bebte immer noch vor Aufregung, obwohl sie direkt in Tolpans Kopf erklang. »Da unten in den Gängen zum Hauptturm. Der kahlköpfige Mann in Rot. Das ist der Zauberer! Und siehst du, was er am Handgelenk hat?«

Tolpans scharfe Augen fanden den Mann sofort. Er hatte eine warme Jacke über seine Robe gezogen.

»Wahrscheinlich hat er gerade Flint und Tanis ins Gefängnis gesteckt«, murmelte Tolpan. Der Blick des Kender-Vogels wanderte zum Arm des Mannes. Der mitschwingende Ärmel rutschte zurück und enthüllte ein kupfernes Band.

»Du hast recht! Das ist wirklich das Armband!« schrie Tolpan. Selbst auf die Entfernung war er ganz sicher, daß es das Schmuckstück war, das Flint für die Meerelfin gemacht hatte. Er konnte jede Rille und jeden Stein daran erkennen. »Wir fliegen rüber und holen es uns!«

»Wie?«

Tolpan dachte nur eine Sekunde nach. »Wir verwandeln uns in Bären und beißen ihm die Hand ab!«

Selana schüttelte sich. »Das ist abscheulich. Und gefährlich. Wir werden zwar wie Bären aussehen, aber wir haben trotzdem nur die Kraft einer Meerelfin und eines Kenders, und wir wären gezwungen, mit vielen Wachen zu kämpfen, ganz zu schweigen von dem Zauberer selbst.« Sie schüttelte den Kopf. »Nein, wir müssen ihm folgen und einen anderen Weg finden, wie wir ihm das Armband abnehmen können, an einem einsameren Ort vielleicht.« Selana hatte keine Ahnung, wo der sein mochte oder wie sie das machen sollten, besonders da die Wirkung des Tranks jederzeit nachlassen konnte.

»Wir können in der Burg nicht einfach weiter herumfliegen«, wandte Tolpan ein. »Dann würde man versuchen, uns zu fangen oder uns rauszuscheuchen.« Er warf einen Blick auf den Magier dort unten, der bald verschwunden sein würde. »Wir sollten uns lieber schnell etwas ausdenken.«

»Mach dasselbe wie ich«, wies ihn Selana schnell an. »Und daß du mir nicht einmal daran denkst, mich zu fressen.« Mit einem winzigen lila Funkenschauer verwandelte sich der Spatz in eine Fliege.

»Auf die Idee wäre ich nie gekommen!« rief Tolpan aus. Könnte interessant sein, sagte er sich. Der Kender-Vogel schloß fest die Augen und konzentrierte sich. Funken stoben, und plötzlich kam er sich wirklich sehr klein vor. Als er die Augen wieder aufschlug, wurde ihm schwindelig, denn er sah Dutzende von Bildern vor sich. Wenn ihn nicht sechs Beine gehalten hätten, wäre er vielleicht getaumelt. Er brauchte eine Weile, bis er sich an diese neue Sehweise gewöhnt hatte. Das erste, was er klar sehen konnte, war Selana, die in die Richtung davonsummte, die der Magier eingeschlagen hatte. Der Wind warf ihn herum, als er sich in die Luft erhob.

»Langsam, Selana«, beschwerte sich Tolpan, der Mühe hatte, sie nicht aus den Augen zu verlieren. »Ich kann kaum sehen, wo ich hinfliege, und auf jeden Fall sehe ich nicht sehr weit.«

»Mit dem Sichtproblem habe ich nicht gerechnet«, gab Selana zu. »Wahrscheinlich müssen wir uns daran gewöhnen. In der Zwischenzeit versuchst du, bei mir zu bleiben. Und was du auch machst, denk jetzt bloß nicht daran, etwas anderes zu sein.«

»Na gut, aber wenn wir ihn nicht bald einholen, verlieren wir ihn in der Burg.«

Das dicke, zentrale Steingebäude, das für Tolpan nichts als ein dunkler Fleck im Hintergrund war, wurde immerhin ständig größer. Plötzlich löste sich der unscharfe, graue Umriß in

Steine auf. »Wir sind zu weit links«, schrie Selana. »Die Tür zum Kreuzgang ist da drüben, rechts von uns.« Die beiden Fliegen bogen scharf nach rechts ab und flogen an der Mauer entlang, die sie in Sichtweite behielten.

Tolpan bekam heraus, daß er, wenn er genau geradeaus guckte – anscheinend die einzig mögliche Blickrichtung –, die Mauer links von sich sehen konnte, Selana vor sich und die verschwommenen Umrisse von Kerker und Hof rechts. Er konnte sich auf jeden Teil dieses Blickfelds konzentrieren, ohne den Kopf oder die Augen zu drehen. »Wenn man es erst einmal raus hat, ist es gar nicht so schlecht«, sagte er sich.

Dann begann er sich zu fragen, was er mit seinen Beinen machen sollte. Als Vogel war es ihm ganz natürlich vorgekommen, sie unter seinem Körper einzuziehen. Im Moment baumelten alle sechs Beine nutzlos unter ihm herum. Tolpan zog sie fest an seinen Bauch. Nein, dachte er, das fühlt sich auch nicht richtig an. Er beschloß, in Zukunft mehr auf fliegende Insekten zu achten.

»Bitte, laß das«, flehte Selana. »Du lenkst mich furchtbar ab. Vergiß nicht, alles, was du denkst, höre ich auch in meinem Kopf.«

»Huch, entschuldige, daß ich denke«, murmelte Tolpan, dem erst zu spät einfiel, daß auch dieser Kommentar zu Selana gesendet wurde.

»Hast du bemerkt, wie schnell wir vorwärtskommen?« Jetzt, wo er sich an der Wand gut orientieren konnte, war Tolpan verblüfft, wie schnell sie flogen. Bevor Selana antworten konnte, merkte der Kender, daß sie schon im Kreuzgang waren, gleich rechts von der Tür, auf die der Zauberer zugegangen war.

»Sie ist zu«, dachte Selana. »Können wir uns an der Seite oder unten durchquetschen?«

»Brauchen wir nicht. Guck mal nach hinten.«

Aus der verschwommenen Ferne kam ihr Feind, kahl und in seiner Robe. Tolpan erschauerte beim gräßlichen Anblick des fehlenden rechten Auges des Zauberers und dessen vernarbter Höhle.

»Wir haben ihn überholt!« jauchzte der Kender. »Wir waren noch viel schneller, als ich dachte. – Schnell, zur Mauer an der Tür. Wenn er aufmacht, schlüpfen wir auch hindurch.«

Beide Fliegen setzten sich in Bauchhöhe auf die Steinmauer, kurz bevor die schwere Tür aufgezogen wurde. Ein Schwall kalter Luft erwischte sie, dann war der Magier schon vorbei und durch die Tür verschwunden. Beide Fliegen huschten hinein. Selana stieß mit der Robe des Mannes zusammen, als dieser stehenblieb und sich umdrehte, um die Tür zuzuziehen. Mit einem Bums sperrte sie das Licht aus, und die drei befanden sich in einem schwach beleuchteten Gang.

Selana summte hin und her, um den schweren Falten der Zaubererrobe zu entkommen. Schließlich konnte sie sich befreien, hielt sich aber außen fest und ließ sich unbemerkt mittragen, während der Mensch den Gang entlang und an Türen vorbei eilte, an deren Seiten tropfende Kerzen hingen. Tolpan summte allein hinterher und versuchte dabei, unterwegs die Türen zu zählen, falls er diesen Weg noch einmal nehmen mußte.

Sein Zählen wurde von Selanas gedanklichem Drängen unterbrochen. »Tolpan, setz dich auf seinen Rücken. Dann kannst du uns nicht verlieren.«

Obwohl dem Kender das wie eine gute Idee vorkam, merkte er schnell, daß es viel leichter gesagt als getan war. Der Körper einer Fliege war lange nicht so geschickt wie der eines Spatzen, und der Rücken des Magiers war ständig in Bewegung. Seine Kleider hoben und senkten sich bei jedem Schritt. Tolpans erster Anlauf ging mehrere Fingerbreit daneben. Beim zweiten Versuch knallte er auf die sich bewegende Oberfläche und wurde zurückgestoßen. »Das ist zu schwierig«, protestierte er. »Und ich verzähle mich mit den Türen.«

Der Zauberer trat über eine Schwelle und auf eine Treppe, die links nach oben führte. Beim Hochsteigen wurde Tolpan bewußt, wie müde er schon war. Anscheinend, dachte er, haben Fliegen nicht viel Ausdauer. Seine Flügel taten weh, und er war sehr hungrig. Dieser Hunger, stellte er fest, war etwas Neues. Fliegen mußten Nahrung furchtbar schnell verbrennen. Er überlegte, ob er nach etwas Eßbarem Ausschau halten sollte, aber als er sich daran erinnerte, was Fliegen so fraßen, änderte er schnell seine Meinung. Er beschloß zu warten, bis etwas Genießbares auftauchte. Dann würde er sich augenblicklich in etwas verwandeln, das es essen konnte.

Jetzt kamen sie am oberen Ende der Treppe an. Der Magier trat durch den offenen Ausgang und ging nach links. Als Tolpan ihm nachsauste, stieß er mit etwas Unsichtbarem zusammen und blieb hängen. Er versuchte, seine Flügel zu bewegen, doch der rechte klebte fest. Der linke surrte vergeblich, bis auch er gegen etwas stieß und festhing.

Selanas Stimme erklang in seinem Kopf. »Was ist los? Warum hast du angehalten?«

»Ich weiß nicht genau«, antwortete Tolpan. »Ich hänge irgendwo fest, aber ... oh je!«

»Was ist denn?«

Tolpans Stimme klang sorgenvoll. »Es ist ein Spinnennetz, und ich bin total verstrickt. Meine Arme und Beine hängen fest, und je mehr ich strampel', desto mehr verheddere ich mich.«

»Warte.« Selana erhob sich vom Rücken des Magiers und eilte wieder zu dem Durchgang zurück. Kaum sah sie das Netz, da hörte Tolpan, der sich bemühte, seine Beine zu befreien, das geistige Gegenstück zu einem Schrei. »Über dir, Tolpan – die Spinne!«

Der Kender sah gerade noch rechtzeitig, wie ein braunes, haariges, mörderisches Ungetüm mit giftbewehrten Fängen über das klebrige Netz auf ihn zu raste. Bevor er etwas tun konnte, war sie über ihm und spann Fäden, während sie die gefangene Fliege zwischen ihren Hinterbeinen herumwarf. Mit jeder Umdrehung fühlte Tolpan, wie die Fäden enger wurden.

Er hatte keine Angst – das haben Kender selten –, aber die Lage sah doch ernst aus. Gleichzeitig war er fasziniert. Er bestaunte die Zielstrebigkeit und das Tempo der Spinne. Jedes Mal, wenn sie ihn umdrehte, konnte er sehen, wie sich sein eigenes, dunkles Gesicht in den facettenreichen Augen der Spinne spiegelte.

Selana summte hilflos hinter dem Netz herum, denn sie hatte einerseits zu viel Angst, um näher heranzukommen, und war andererseits zu verstört, um klar denken zu können. Die Spinnweben legten sich allmählich über Tolpans Gesicht. Die unbewegten Augen der Spinne hingen über Tolpans Hals und zielten, um ihre lähmenden Fänge in die Beute zu schlagen. Tolpan machte schnell die Augen zu und entspannte sich. Einen Augenblick später wurde aus der Fliege unter winzigen, blinkenden Blitzen eine kleine, braune Maus. Die Spinnweben, die ihn einschnürten, platzten, das Netz selbst zerriß, und Tolpan plumpste als Maus auf den Boden, nicht ohne sich noch in der Luft zu drehen, um auf allen Vieren zu landen. Die Spinne fiel von ihm ab, fing sich jedoch an einem eiligst gesponnenen Faden, an dem sie so schnell wie möglich zur sicheren Decke hochkletterte.

Mit vor Erleichterung fast hysterischem Lachen landete Selana neben Tolpan und verwandelte sich ebenfalls in eine

Maus. Mit zitternden Beinen stand sie da, während Tolpan seine geschundenen Glieder reckte.

»Warum hast du nicht gleich daran gedacht?« fragte sie.

»Ich habe nicht gehört, wie *du* mir den Gedanken vorgeschlagen hast«, gab er zurück. »Auf jeden Fall ist ja alles gutgegangen. Warum bist du so verstört?«

Selana ignorierte seine Frage.

»Da ist ja unser altes Einauge«, sagte Tolpan. Sie sahen ihren Gegner vor einer Tür am Ende eines langen, kerzenerleuchteten Korridors stehen. Die beiden Mäuse flitzten den Gang hinunter, wobei sie sich dicht an der Mauer und in den Schatten hielten, bis sie gegenüber der Tür waren. Der Magier machte die unauffällige Holztür auf und trat ein. Tolpan, der vor Selana war, konnte sehen, daß dahinter ein Raum lag, kein weiterer Gang. Aber die Tür ging zu, ehe sie sie erreichen konnten.

Die beiden Mäuse näherten sich vorsichtig der Tür. Ihre scharfen Mäuseohren konnten hören, wie der Zauberer auf der anderen Seite herumlief. Der untere Rand der Tür war mindestens einen Fingerbreit vom Steinboden entfernt, womit die beiden Mäuse genug Platz hatten, sich durchzuquetschen.

»Nach dir«, dachte Tolpan und zeigte mit seiner bärtigen Schnauze hin. Selana schlüpfte lautlos unter der Tür durch, gefolgt von dem Kender, während sich beide fragten, was sie auf der anderen Seite erwarten würde.

Kapitel 4

Zwei Seiten der Medaille

Mit einem Spatel löffelte Balkom etwas Eichhörnchengehirn in eine Steingutschüssel. Sein Labor grenzte an seine Gemächer in Schloß Tantallon, und er arbeitete an einem bauchhohen Holztisch. Der Raum war für ein Zaubererlabor klein, aber im Vergleich zu den anderen Räumen der Burg recht groß. Ein schmaler Spalt in der Außenmauer ließ etwas Licht herein, doch zusätzlich brannten noch einige Fackeln.

Stirnrunzelnd leckte er die letzten, bitteren Tropfen aus der Porzellanschale in seiner rechten Hand. Der Zaubertrank aus einer schneeweißen Perle und einer Eulenfeder schärfte seine Sinne auf unangenehme Weise. Geräusche bekamen einen mißtönenden Beiklang und hallten ungedämpft in seinem Kopf nach; Gerüche verwirrten den Sinn für Zeit und die Abfolge vergangener Ereignisse beunruhigend; am schlimmsten aber waren die Farben und Formen, die deutlicher hervortraten, als wenn sie nicht länger zusammengehörten, sondern unabhängig voneinander wären und einzeln untersucht werden könnten. Genau darum ging es natürlich. Das Elixier verlieh ihm die Macht, die Eigenschaften eines magischen Gegenstands zu erkennen. Er konnte die magischen Fähigkeiten buchstäblich sehen, fühlen, hören und riechen. Augenblicklich untersuchte er das Kupferarmband an seinem Handgelenk.

Balkom fuhr mit den Fingern über das Armband, wie man eine Geliebte berühren würde. Er mochte das Gefühl von schwerem Schmuck und hatte an manchen Stücken fast sinnliches Vergnügen. Das hier war in dieser Hinsicht besonders aufregend, weil es zusätzlich noch mit Edelsteinen besetzt war. Er liebte geschliffene Steine aller Art.

Balkom konnte erkennen, daß das Armband seinem Besitzer durch Visionen die Zukunft zeigte, genau wie der erbärmliche, kleine Schwindler gesagt hatte. Viel interessanter jedoch war seine Herkunft. Es schien von einem Zwerg zu stammen, trug aber auch die unverwechselbaren Zeichen elfischer Handwerkskunst. Aus welchem Elfenreich es stammte, konnte er nicht herausfinden, doch er war sich sicher, daß es weder Silvanesti noch Qualinesti waren. Ein leichter, aber hartnäckiger Salzgeruch, dem er noch nie zuvor begegnet war, haftete daran. Vielleicht kam es von der Insel Sankrist, vielleicht von einem noch weiter entfernten Ort.

Unabhängig von seinem Ursprung, vermutete Balkom, daß ein geübter Besitzer innerhalb von vierundzwanzig Stunden jeweils Antworten auf eine bestimmte Anzahl gezielter Fragen über die nahe Zukunft erhalten würde. In den Händen eines erfahrenen Benutzers barg es enorme Möglichkeiten, doch seine Beherrschung würde viel Übung erfordern. Er beschloß, es irgendwann in der nächsten Woche einen ganzen Tag lang zu tragen, doch jetzt war er zu müde, um damit herumzuexperimentieren, darum streifte er das Armband mühsam von seinem Handgelenk, denn es saß ziemlich eng. Schließlich hatte er es sich von der Hand gewunden und legte es auf den Tisch.

Der Magier ließ die Schultern erschöpft sinken. Für diesen Zauberspruch brauchte man zehn Stunden Zeit. Die ersten acht Stunden nahm allein die Reinigung des Armbands in Anspruch, das erforderte die *Identifikation.* Außerdem mußte man alle Einflüsse ausschalten, die seine magische Empfindungsfähigkeit beeinträchtigen oder verändern konnten. Gerade, als er diese Arbeit hatte abschließen wollen, war sein neuester Zombie, der frühere Omardicar, im Kerker erwacht und hatte ihn unterbrochen.

Balkom dachte an die beiden Gefangenen, die sicher hinter Schloß und Riegel saßen. Da sie weit intelligenter und aufmerksamer gewesen waren als der Seher, hatten sie für den Magier eine weit größere Herausforderung dargestellt. Er hatte sie eingehend verhört, hatte schließlich auch magische Mittel zu Hilfe genommen, doch der Zwerg war von Natur aus gegen Magie resistent, und mit dem Halbelf, der selbst magische Fähigkeiten hatte, war der Erfolg nicht größer geworden.

Sie hatten eine starke Verbindung zu dem, den sie Delbridge nannten, Balkoms kurzlebigem Zombie. Allerdings behaupteten sie, ihn nie zuvor gesehen zu haben, was ein *Lügen entdecken* von Balkom als wahr bestätigte. Gegen Ende des Verhörs war sich Balkom ziemlich sicher, daß sie nichts von seiner Beteiligung an Rostrevors Verschwinden ahnten.

Sie würden ausgezeichnete Zombies abgeben.

Sehnsüchtig erwartete er die Nachricht, daß die beiden, die entkommen waren, die merkwürdig blasse, junge Frau und der Kender, durch sein Schattenmonster den Tod gefunden hatten. Er wollte kein Risiko mehr eingehen, jetzt, wo er seinem Ziel so nahe war.

Balkom gähnte und blinzelte mit den schweren Lidern. Die Vorbereitung des Zaubers hatte ihn körperlich erschöpft, doch die Ereignisse im Verlies und im Gefängnis hatten seinen Verstand aufgerüttelt. Er mußte sich unbedingt entspannen. Von einem Regal nahm er eine blaue Schale und das einfache Rasiermesser, mit dem er sich gewöhnlich den Kopf rasierte. Er trug beides zu einer Tür, durch die er in sein luxuriöses, mit vielen Teppichen ausgelegtes Schlafzimmer gelangte. Dort machte er es sich auf einem mit malvenfarbenem Samt bezogenen Diwan bequem und lehnte sich in einen Haufen Federkissen zurück.

Balkom stellte die Schale auf den Boden. Dann hielt er seinen linken Arm über den Rand des Diwans und über die Schüssel, klappte das Rasiermesser auf und legte seine Schneide in seine Handfläche. So verharrte er mehrere Augenblicke, um die Vorfreude auf das nun Folgende zu genießen. Parallel zu der glänzenden Klinge verlief ein zartes Gitter haarfeiner Narben. Mit einem irren Ausdruck in den Augen drückte er die Klinge gerade so weit in seine Hand, daß in seiner Handfläche eine leichte Kerbe zu sehen war. Dann zog er das Messer mit gepreßtem Lächeln langsam heraus. Ein dünner Blutstrahl drang unter dem Messer hervor, lief warm über seine gekrümmte Handfläche und tropfte in die Schale auf dem Boden. Der Blutstrahl pulsierte mit seinem Herzschlag, und sein Kopf nickte zu dem beruhigenden Rhythmus. Bald liefen dünne Blutstreifen kreuz und quer über seine Hand, denn sie folgten dem zarten Netzwerk der eingeritzten Linien. Ein paar Augenblicke später war seine Handfläche bereits blutüberströmt und wurde klebrig, weil die rote Flüssigkeit zu gerinnen begann.

Die Entdeckung, daß der Anblick seines eigenen Blutes ihn beruhigte und das Gefühl eigener Schmerzen ihn erregte, hatte er in einer schauerlichen Nacht vor zehn langen Jahren gemacht. In jener feuchten, monderhellten Nacht hatte ein gebrochener Jungzauberer am Rande des Abgrunds getaumelt, nur um zuletzt doch noch dem Tod ein Schnippchen zu schlagen, indem er einen Pakt mit dem Teufel schloß.

Seither hatte Balkom viel gelernt. Der einstige Adept hatte sich eine Stellung als Hofzauberer bei einem entrechteten Ritter von Solamnia gesichert, der mit seinem Verfolgungswahn in einen vergessenen Winkel von Abanasinia ausgewandert war.

Er konnte in aller Ruhe – sogar gegen Bezahlung – seine magischen Fähigkeiten in luxuriöser Umgebung verfeinern, ohne daß sich jemand einmischte oder unerwünscht seine Aufmerksamkeit auf ihn richtete. Und er konnte in aller Ruhe die Flammen seines Hasses auf diejenigen nähren, die er für sein Versagen bei der Prüfung im Turm verantwortlich machte: die Versammlung der Zauberer, die ihm seine Aufgabe gestellt hatte und die ihn nun für tot hielt.

Er konnte sich nicht entscheiden, welchen der drei Orden er am meisten haßte. Das Oberhaupt der Versammlung, Par-Salian, war ein mächtiger Zauberer der Weißen Roben. Beim einzigen Mal, als Balkom ihn getroffen hatte – von ihm hatte er seinen ersten Auftrag als Lehrling erhalten –, hatte der mittelalte Erzmagier des Guten den Neuling auf Distanz gehalten.

Balkom hielt es für wahrscheinlich, daß Par-Salian sich auch die Prüfungsaufgabe ausgedacht hatte.

Erst kurz vor Balkoms Prüfung war Justarius zum Oberhaupt der Roten Roben ernannt worden, jenem Orden, dem sich Balkom hatte anschließen wollen. Jetzt fand Balkom die Neutralität dieses Ordens nervtötend, besonders da sie Justarius wahrscheinlich davon abgehalten hatte, während der Prüfung zugunsten von Balkom einzutreten.

Damit blieb nur noch Ladonna. Die Zauberin mit dem eisengrauen Haar war ebenfalls in mittlerem Alter und Oberhaupt des Ordens der Schwarzen Roben. Über sie wußte Balkom weniger als über die anderen, weil er während seiner eigentlichen Ausbildung nie daran gedacht hatte, die Schwarze Robe zu tragen. Wegen ihrer Neigung zum Bösen gab er ihr eigentlich am wenigsten die Schuld.

Deshalb wollte er ihren Platz in der Versammlung.

Wie konnte er sich besser an Par-Salian und Justarius rächen als dadurch, daß sie Balkom, der in ihrer unmöglichen Prüfung versagt hatte, als Gleichrangigen akzeptieren mußten? Er würde weit größere Macht erlangen, als er sich bei seiner ersten Reise in den Wald von Wayreth je erträumt hatte.

Wenn nur Hiddukel seinen Teil des Handels einhielt.

Seit er die Abmachung getroffen hatte, hatte Balkom gelernt, wie man verhandeln mußte. Zehn Jahre und zahllose Seelen nachdem er in der Finsternis des Walds von Wayreth den Pakt mit dem bösen Gott geschlossen hatte, hatte der Zauberer einen Plan, der ihm helfen würde, sein Ziel zu erreichen und seinen Vertrag mit Hiddukel ein für allemal zu erfüllen. Er würde dem Gott der Abmachungen und Seelenmakler eine so unberührte, kostbare Seele anbieten, daß der Gott freiwillig seinen mündlichen Kontrakt mit Balkom auflösen würde, nur um sie zu bekommen.

Aber Balkom wollte einen noch höheren Preis rausschlagen. Hiddukel hatte ihm vor langer Zeit sowohl Macht als auch Rache zugesagt. Das erste hatte sich erfüllt, denn Balkom war der mächtigste Zauberer der Gegend. Jetzt würde er auch seine Rache bekommen, wenn er Ladonnas Platz in der Versammlung übernahm.

Während er überlegte, wie er das Thema dem Gott gegenüber anschneiden sollte, drückte Balkom auf die Wunde in seiner Handfläche, bis der Blutstrom verebbte. Dann umwickelte er ihn fest mit einem sauberen Stück Seide aus einem emaillierten Kästchen neben dem Diwan. Mit der kleinen Schale kehrte er in sein Labor zurück. Dort vermischte er das gerinnende Blut mit süß duftenden Pülverchen zu einer Paste. Die setzte er über einem rotglühenden Kohlebecken auf und steckte dann den Kopf in die Rauchwolke, die aus der Schale aufstieg. Dieser widerliche Dunst ließ die Erschöpfung der letzten zehn Stunden verschwinden, so daß Balkom sich wieder frisch und wach fühlte.

Er hatte dieses Ritual unzählige Male durchgeführt, bevor er Hiddukel beschwor. Jede Begegnung mit dem scharfzüngigen Gott war ein Duell des Willens. Hiddukel war der unsterbliche Herr der Verträge. Alles, was während einer Unterhaltung mit ihm gesagt wurde, ganz gleich, wie unbedeutend es scheinen mochte, konnte einen auf ewig binden. Balkom hatte schon vor langer Zeit erkannt, daß jede erdenkliche Vorsicht angebracht war, wenn man mit einem solchen Wesen verhandelte.

Nachdem er sich klar und gestärkt fühlte, ging Balkom von seinem Arbeitstisch zu einem reich verzierten Schrank in der Ecke. Dieser enthielt oben und unten symmetrisch angeordnete Fächer und dazwischen eine Unmenge kleiner Schubladen. Der Zauberer wählte eine Schublade aus und zog sie vollständig heraus. Dann griff er dahinter ins Leere und holte ein kleines Kästchen aus glänzend poliertem, grauem Schiefer hervor. Jede Seite war nur ungefähr zwei Finger breit. Er zog eine zweite Schublade ganz heraus und ließ flink ein verborgenes Fach an der Rückseite aufschnappen, aus dem er einen winzigen Bronzeschlüssel zog. Er wandte sich wieder dem Schieferkästchen zu, drehte es in den Händen, bis er die Seite gefunden hatte, die er suchte. Vorsichtig zog er den Bronzeschlüssel über diese Seite des Kästchens, und dann erschien eine Vertiefung in der Größe des Schlüssels. Balkom drückte den Schlüssel in die Kerbe, und sofort ging das Kästchen auf; ein kleiner, tiefblauer Samtbeutel lag darin.

Vorsichtig faltete Balkom den Beutel auf, der zunächst leer erschien. Das Erstaunlichste daran waren die sechs winzigen Stahlhände, die die Beutelöffnung fest geschlossen hielten. Der Zauberer sprach die Worte: »*Buldi vetivich*«, und entließ damit die magischen Hüter, die das Täschchen schützten. Die sechs Händchen verschwanden.

Vor Aufregung zitternd, kippte Balkom den scheinbar leeren Beutel um, und heraus kullerte ein perfekt geschliffener, faustgroßer Rubin. Obwohl Balkom den Stein ins Licht einer der vielen Kerzen im Raum hielt, konnte er das verängstigte, junge Gesicht tief in den weinfarbenen Facetten des Steins kaum erkennen, das hin und her blickte und vergeblich die Dinge außerhalb seines magischen Gefängnisses zu erkennen suchte.

Sie hatten es ihm so leichtgemacht, der Ritter und sein Sohn und besonders der nichtsahnende Delbridge, der durch die Enthüllung des geheimen Plans allen außer sich selbst ein Alibi verschafft hatte. Es war ein Kinderspiel gewesen, den Edelstein zwischen Rostrevors Laken zu schieben, während er die Umgebung angeblich magisch versiegelte. In dem Moment, wo der Knappe den Stein berührte, wurde er hineingezogen und saß wie ein Flaschengeist gefangen. Als Balkom den Raum am Morgen öffnete, mußte er nur noch den Edelstein unbemerkt einstecken. Alle anderen waren viel zu sehr mit dem unerklärlichen Verschwinden des Knappen beschäftigt gewesen.

Aber eine Seele einzufangen war kein leichtes Unterfangen, nicht einmal für einen so mächtigen Zauberer wie Balkom. Zuerst brauchte der Zauberer ein Behältnis, das ein Edelstein von unschätzbarem Wert sein mußte, weil er sonst zerspringen würde, wenn man die Seele hineinzwang. Dann war es notwendig, den Stein zu bezaubern, damit er überhaupt für Magie aufnahmefähig wurde. Anschließend mußte der Magier ein Zauberlabyrinth innerhalb des Edelsteins erschaffen, das als Gefängnis für eine Seele dienen konnte. All diese Schritte waren vor dem Zauber erforderlich, der die Seele letztendlich einfing, und mußten wie ein Ritual jedes einzelne Mal nacheinander befolgt werden, wenn Balkom ein Opfer brauchte, um Hiddukels Hunger zu stillen.

Hunger war vielleicht das falsche Wort. Balkom fragte sich, wie so oft, welchen Nutzen Hiddukel aus den Seelen zog, die er von seinen Anhängern erhielt. Ernährte er sich von ihnen, oder war er über jegliches Bedürfnis nach Nahrungsaufnahme hinaus? Vielleicht wurden sie Sklaven in irgendeinem alptraumhaften Reich, das sich kein Sterblicher vorstellen könnte. Oder – was Balkom noch reizvoller fand – vielleicht waren die Seelen für Hiddukel eine Art Währung, wenn er mit Wesen verhandelte, die noch abscheulicher waren als er selbst. Letzten Endes war es Balkom egal, was aus den Seelen wurde; seine Neugier war rein akademisch.

Balkom zögerte, während er minutenlang den riesigen, schauerlichen Edelstein anstarrte, ehe er in die Tiefen seiner schwarzen Robe langte. Er haßte Unterredungen mit Hiddukel. Dennoch konnte er nur so erlangen, was er sich erträumte.

Die Fingerspitzen des Zauberers fanden den feinen, kaum zu entdeckenden Saum direkt über seiner linken Brust. Er klopfte viermal dagegen – zweimal schnell, dann zweimal langsam. Die Geheimtasche, die er auf magische Weise dort angebracht hatte, ging auf, und er zog ein großes kaltes Goldstück heraus. Nachdem er diese Verbindung zu dem bösen Gott Hiddukel während eines Herbststurms im Wald von Wayreth empfangen hatte, hatte er die Münze eine Zeitlang achtlos bei seinem übrigen Geld aufbewahrt. Bis zu dem Wahnsinnstag, wo er fast – versehentlich – auf einem Wochenmarkt ein Huhn dafür gekauft hätte. Da hatte er zum ersten Mal über die möglichen Folgen seiner Sorglosigkeit nachgedacht. Noch am selben Nachmittag hatte er eine Geheimtasche in seine Robe eingenäht.

Balkom griff nach der brennenden Kerze, die neben ihm auf dem Tisch stand, dann zögerte er wieder. Er untersuchte die Münze in seiner Hand. Jedes der beiden Gesichter darauf hatte eine eigene Persönlichkeit, was er anfangs sowohl fesselnd als auch praktisch gefunden hatte. Häufig gefiel eine Abmachung, die der einen Seite nicht zusagte, der anderen.

In einer einzigen Unterredung wechselten die Seiten oft mehrere Male. Aber inzwischen waren ihm beide Seiten von Hiddukel immer verhaßter geworden.

Nachdem er sich schließlich für das strengere Gesicht entschieden hatte, hielt Balkom die Münze zwischen Daumen und Zeigefinger am Rand fest. Langsam führte er sie über die Kerzenflamme, wobei er merkte, wie das Metall zwischen seinen Fingern heiß wurde. Während die Temperatur des Goldstücks stieg, merkte Balkom, wie seine Finger zu glühen begannen. Gerade als die Hitze herrlich unerträglich wurde, belebte sich das Gesicht auf der Münze auf einmal. Der Mund ging weit auf, und die Kerzenflamme schoß hindurch; dann gingen die Augen auf, suchten den Raum ab und fixierten schließlich Balkom.

»Du! Ich war mitten in einem wichtigen Geschäft«, fauchte das grimmige Gesicht. »Die Monde haben noch nicht den Stand erreicht, wo du normalerweise lieferst. Sag mir auf der Stelle, warum du mich gerufen hast, sonst zieh' ich dir das Fleisch von den Rippen und lasse die Dämonen das Mark aus deinen Knochen saugen!«

»Nein, das wirst du nicht«, sagte Balkom, der schon lange wußte, daß Hiddukel ein herausforderndes Auftreten mehr schätzte als echte Überzeugung. »Du brauchst mich noch, damit ich dir Seelen beschaffe.«

»Ich brauche keine Sterblichen!« bellte das zornige Gesicht.

Balkom legte seine daumenlose Hand in gespieltem Erstaunen auf seine Brust. »Habe ich all die Jahre etwas Falsches geglaubt? Ich dachte, die wahren Götter könnten Krynn nur durch Avatare betreten, so wie diese Münze, und ohne ihre Kräfte. Wenn du natürlich selbst diese Welt betreten und dir Seelen holen kannst«, sagte er, um mit seinem Bluff zu beginnen, »dann betrachte ich unseren Handel gern als abgeschlossen und bring' dir keine Seelen mehr.«

»Unser Pakt ist erfüllt, wenn ich das bestimme!« Beide Gesichter der Münze stießen plötzlich ein schluckaufartiges Gelächter aus, das unangenehm ungleichzeitig kam. »Außerdem, willst du das etwa Seelen nennen, was du mir in letzter Zeit an verkommenem Zeug geschickt hast? Tollwütige Hunde und Goblins würden meine Bedürfnisse besser befriedigen. Ich möchte das schon fast Vertragsbruch nennen, Mensch.«

Balkom zwang seine Stimme, ungerührt zu klingen. »Was glaubst du denn, wie viele wertvolle Körper und Seelen in einem Dorf von der Größe Tantallons unbemerkt verschwinden können. Ich nehme alles, was ich kriegen kann.«

Hiddukels Augen traten hervor. »Deine armseligen Schwierigkeiten sind nicht mein Problem, Magier! Ich habe dich zu dem gemacht, was du bist, und dafür erwarte ich wenig genug als Gegenleistung.«

»Dann wird es dich außerordentlich freuen zu hören, was ich diesmal für dich habe.« Rote Lichtstrahlen blitzten aus dem großen Rubin, als er das Licht einer Fackel an der Wand einfing. Während Balkom in voller Vorfreude auf der Lippe herumkaute, streichelte er die geschliffene Oberfläche des Rubins, bevor er ihn vor die Münze hielt.

Hiddukels Ausdruck war wütend. »Ich habe schon früher Edelsteine gesehen, Magier. Warum verschwendest du meine Zeit mit Spielchen?«

»Sieh hinein, oh Herr«, sagte Balkom freundlich. Er drehte das verzauberte Edelsteingefängnis näher zum Gesicht der Münze hin.

Das Goldstück drehte sich selbst in Balkoms offener Hand herum. Hiddukels verschlagenes Gesicht spähte in die Tiefen des Steins. »Ich sehe das Gesicht eines hübschen, jungen Burschen. Er sieht aus wie andere, die du mir geschickt hast; das sagt gar nichts über seine Seele«, sagte er skeptisch.

»Oh, aber schau ihm in die Augen«, beharrte Balkom. »Das ist kein Gesicht von einem gewöhnlichen Flickschuster oder Gammler. Das ist Rostrevor, einziger Sohn von Lord Curston, erzogen nach Eid und Maßstab der Ritter von Solamnia. Seine Seele ist so rein und klar wie ein Bergbach. Ich wette, es gibt auf ganz Krynn nur wenige, deren Seele so unbefleckt ist.« Er hielt inne, damit seine Worte wirken konnten. »Das gebe ich dir –«

Selbst Hiddukels gewiefte Seite konnte ihre Freude bei solchen Aussichten kaum verbergen.

»– gegen einen letzten Dienst.«

»Denk dran, wer hier der Herr ist.«

»Das habe ich nie vergessen.«

Balkoms Blick hielt dem Gesicht auf der Münze stand. Keine Schwäche zeigen, ermahnte er sich selbst. »Seit zehn Jahren bin ich dir treu ergeben und tausche Seelen gegen das Leben ein, das du mir ermöglicht hast. Im Schatten des Turms hast du gelobt, mir zu helfen, wenn ich mich für meine Behandlung während der Prüfung im Turm der Erzmagier räche. Jetzt bitte ich um die Erfüllung dieses Versprechens. Verschaff mir Ladonnas Sitz in der Versammlung der Zauberer.«

Hiddukel war entsetzt. »Das ist unmöglich!«

»Einem Gott ist nichts unmöglich.«

Hiddukel erkannte die Falle.

Das bewegte Gesicht auf der Münze erstarrte nachdenklich.

»Du bist ein Gott des Bösen. Ladonna ist die höchste Zauberin der Schwarzen Roben. Denk dir etwas aus.« Balkom hielt Hiddukel wieder den Stein vor die Nase.

»Wann?«

Balkom unterdrückte ein begeistertes Lächeln. »Ich werde dich wie gewöhnlich vom Tempel aus anrufen. Dort machen wir den Handel perfekt.«

Die Münze sprang auf die ablehnende Seite zurück. »Ich brauche Zeit! Ladonna ist nicht dumm.«

»Einem Gott wird sie doch wohl kaum gewachsen sein.« Nachdem ihm diese Worte herausgerutscht waren, hielt Balkom wegen seiner Unverfrorenheit heimlich die Luft an. Hatte er übertrieben? Hatte er Hiddukels Selbstgefälligkeit überschätzt, weil er der Erfüllung seiner Ziele so nah war?

»Nimm dich in acht, Sterblicher«, warnte die Münze kalt. »Ich gerate nicht so leicht in Zorn, aber du hast meine Geduld lange genug auf die Probe gestellt. Ich stehe nicht in deiner Schuld, sondern du in meiner. Solange das so ist, kann ich alles, was ich dir gewährt habe, wieder zurücknehmen, selbst dein Leben. Überleg es dir gut, bevor du noch einmal meine Macht in Frage stellst.«

Balkom hatte Hiddukels Macht auf Krynn nie wirklich erprobt, aber was er in der Vergangenheit erlebt hatte, war eindrucksvoll gewesen. Er wußte, Hiddukel machte seine Drohung womöglich wahr, wenn nicht direkt, dann durch andere Gläubige. Nur wenige verehrten den verschlagenen Gott des Feilschens in aller Offenheit, doch Balkom hatte gute Gründe anzunehmen, daß viele ihm heimlich dienten, so wie er selbst. Mehr als einmal hatte der Gott in der Vergangenheit verlangt, daß Balkom ihm die Seele einer bestimmten Person auslieferte. Obwohl Hiddukel es nicht ausdrücklich gesagt hatte, zweifelte Balkom nicht daran, daß auch diese Opfer dem Gott gefolgt waren, ihn jedoch entweder verraten oder enttäuscht hatten. Der Gedanke an solche Mörder, die ihm selbst nachstellten, ließ Balkom frösteln, besonders weil seine Seele dann Hiddukels bösen Späßen ausgeliefert sein würde.

»Ich bitte um Vergebung, Hiddukel. Der Gedanke daran, daß meine Rache endlich so nah ist, macht meine Worte unüberlegt. Du weißt, daß ich dir zehn Jahre treu gedient habe. Ich erbitte nur das, was du mir versprochen hast. Und bedenke, was es für dich bedeuten würde, einen treuen Diener in einer so hohen Stellung wie der Versammlung der Zauberer sitzen zu haben«, fuhr er fort. »Wir können beide davon profitieren.«

Balkom wußte, indem er die Aufmerksamkeit des Gottes auf etwas anderes lenkte, konnte er sich selbst vor Hiddukels Zorn schützen. In diesem Fall war der beste Köder wie gewöhnlich das, was der Gott sich nach Seelen am meisten wünschte: Gewinn und Macht.

»Es stimmt schon«, erklärte das großzügige Gesicht der Münze, »ich habe deinem Fall über die Jahre viel Aufmerksamkeit geschenkt.« Aber dann sprang das Goldstück herum und zeigte die unbeugsame Seite. Jetzt wurden die Verhandlungen erst richtig schwierig, das wußte Balkom aus Erfahrung. Das strenge Gesicht feilschte viel härter als das gutmütige, aber es feilschte auch um erheblich höhere Einsätze.

»Aber täusche dich nicht«, zischte es. »Auch andere wollen Ladonnas Position. Manche verdienen sie vielleicht mehr als du. Manche haben einen stärkeren Glauben als du, andere sind unterwürfiger. Und dann wäre da noch Ladonna selbst. Warum sollte ich dich vorziehen?«

Wie immer, wenn er mit Hiddukel sprach, war Balkom hochkonzentriert. »Andere verzehren sich vielleicht nach der Position, aber mir wurde Rache versprochen. Wir wissen beide, du mußt deine Verträge halten, wenn sie einmal abgeschlossen sind. Ich war geduldig, Hiddukel, aber ich warte schon lange. Und jetzt bringe ich dir eine Seele, wie du sie lange nicht gesehen hast.«

Die Münze schnitt Balkom das Wort ab, bevor er fortfahren konnte. »Was weißt du von Zeit, Mensch? Ich habe schon Zeitalter erlebt, die du dir nicht einmal vorstellen könntest. Ich bin aus deiner Welt verbannt worden, und man hat mir lange die Seelen verweigert, die ich brauche. Was sind Jahre, Jahrzehnte? Was bedeutet dein Warten im Vergleich zu meinem? Solche erbärmlichen Bitten beeindrucken mich nicht.«

»Aber dein Zeitmaß kann nicht für mich gelten«, antwortete Balkom. »Im Gegensatz zu dir werde ich älter. Meine Zeit auf dieser Welt ist begrenzt. Je länger du damit zögerst, mir meine Bitte zu gewähren, desto weniger Zeit werde ich haben, dir aus einer wirklich mächtigen Position heraus zu dienen. Bedenke, welche Seelen ich dir schicken könnte, wenn ich in der Versammlung säße. Das wäre mit nichts zu vergleichen, was du je gekannt hast, und würde mit Ladonna losgehen. Wir würden beide bekommen, was wir uns am meisten wünschen.«

Jahrelange Erfahrung hatte Balkom gelehrt, wie er am besten an Hiddukels Gier appellierte. Wenn dieser Ansatz fehlschlug, würde er es anders versuchen. Balkom hatte keine Brücken hinter sich verbrannt, aber er konnte sich auch dem Schutzgott der Seelenfänger gegenüber kein wirksameres Argument vorstellen.

Die Münze sprang auf die freundlichere Seite zurück. Vergeblich versuchte Balkom, sie zu fangen, damit das strenge Gesicht wieder oben lag. Er war zu langsam. Er wußte, jetzt würde das großzügige Gesicht, das keinen so bedeutenden Pakt abschließen wollte, die Verhandlungen abbrechen.

»Bring die Seele zum vereinbarten Ort, wo ich sie genauer ansehen kann«, sagte die Münze lächelnd. »Dann werde ich mir die Sache durch den Kopf gehen lassen.« Daraufhin machte die Münze ihren Mund zu, und das Ding in Balkoms Hand war wieder eine einfache groteske Medaille.

Weil er sich nicht sicher war, ob er niedergeschlagen oder begeistert sein sollte, schloß Balkom fest die Faust um das Goldstück. Er hatte dem Gott keine neuen Versprechungen abgerungen und auch keine Zusicherungen erhalten. Andererseits war er aber auch nicht abgewiesen worden, und schon das war eine gewisse Ermutigung. Solang Hiddukel zum Reden bereit war, gab es begründete Hoffnung.

Nachdem er seinen muskulösen, sechs Fuß großen Körper gereckt hatte, steckte Balkom die Münze in seine Geheimtasche, um anschließend den Seelenstein sorgsam in sein genau ausgetüfteltes Versteck zurückzulegen.

Als nächstes, sagte er sich, mußte er den Altar für die Zeremonie vorbereiten, bei der die Seele des Knappen Hiddukel ausgeliefert werden würde. Das mußte reibungslos vonstatten gehen, wußte Balkom, denn ihm würde vielleicht nie wieder eine so makellose Seele in die Hände fallen.

Es gab da allerdings ein Problem, denn der Altar war nicht in der Burg. Das Risiko einer zufälligen Entdeckung war zu groß, deshalb hatte er den Altar nicht im Umkreis der Stadt aufbauen können. Wenn seine grauenvollen Praktiken oder gar sein Dienst an Hiddukel jemals öffentlich bekannt oder Lord Curston hinterbracht wurden, war es aus mit Balkoms Laufbahn und wahrscheinlich auch mit seinem Leben. Aus diesem Grund lag der Altar gut versteckt meilenweit außerhalb der Stadt in einem unwegsamen Teil des Ostwall-Gebirges.

Zu Fuß dorthin zu gelangen, würde Balkom mindestens einen harten Reisetag kosten, vielleicht auch mehr. Aber mit einem Flugzauber konnte er in einer guten Stunde dort sein.

Dennoch war es immer noch eine schwierige und gefährliche Reise. Die höheren Regionen der Berge waren von feindseligen Wesen bewohnt. Die eigentliche Übergabezeremonie war zeitraubend; das bedeutete, er brauchte eine gute Ausrede, damit seine Abwesenheit vom Hof unverdächtig wirkte. Getreu seiner solamnischen Herkunft mißtraute Curston der Magie und den Zauberern. Er hatte nur deshalb einen Hofzauberer, weil jemand in seiner Machtposition eindeutig einen brauchte, und weil Balkom sich viele Male als nützlich erwiesen hatte. Deshalb traute Curston seinem Zauberer noch lange nicht.

Balkom drehte sich um und betrachtete die Darstellung der Mondzyklen an der Wand. Die drei Monde von Krynn – Lunitari, Solinari und Nuitari – kontrollierten während ihrer Phasen die Macht der Magie in der Welt. Als böser Gott war Hiddukel auf dem Höhepunkt seiner Macht, wenn Nuitari, der schwarze Mond, am höchsten Punkt stand. Dasselbe galt für Hiddukels Gläubige. Nur zu diesem Zeitpunkt konnte Balkom

Hiddukel Seelen übergeben. Sieben von achtundvierzig Tagen stand Nuitari ganz oben am Himmel.

Balkom wußte, daß morgen die erste Nacht von Nuitaris Höchststand war. Am Tag darauf würden Nuitari und Lunitari einen Tag lang zusammenstehen. Während dieser Zeit würde die Macht aller Zauberer auf Ansalon erhöht sein, besonders aber die der Schwarzen und der Roten Roben. An Balkoms Hals traten die Adern hervor, als er an die mißlungene Prüfung zurückdachte, die ihn vom Orden der Roten Roben ferngehalten und in Hiddukels Dienst getrieben hatte. Weil er Hiddukel diente, konnte er von Nuitari ebenso profitieren wie jeder Zauberer der Schwarzen Roben.

Während er noch über seine nahende Verabredung am Altar nachdachte, bemerkte Balkom ein kleines Nagetier, das auf seinem Arbeitstisch herumkrabbelte. In der Burg wimmelte es von Ratten und Mäusen, und Balkom hatte sich im Laufe der Jahre sogar mit einigen von ihnen angefreundet, auch wenn er nicht zögern würde, sie als Versuchstiere zu benutzen. Sie knabberten gerne an heruntergefallenen Stückchen von Zauberkräutern und tranken die Reste der Flüssigkeiten in seinen Mörsern.

Diese Maus hatte Balkom ganz sicher noch nie in seinem Labor gesehen. Ein so zartes, kleines Tier mit so klugen Augen wäre ihm aufgefallen. Er sah zu, wie es zwischen den chirurgischen Instrumenten und Schalen herumwieselte und mit seiner feinen Nase an Krümeln schnupperte.

Plötzlich blieb sein Blick an etwas am Ende des Tischs hängen. Das braune Pelztierchen sprang vor und sperrte mühsam seinen Kiefer weit genug auf, um mit seinen scharfen, kleinen Zähnen das Armband zu packen.

»He, du kleines –«, begann Balkom zugleich verärgert und verwirrt. Er griff hin und wollte die tollkühne Maus festhalten, die sich abmühte, das schwere Armband zur Tischkante zu zerren.

In diesem Augenblick sprang eine weitere, kleinere, aber drahtige Maus hinter der blauen Schale hervor und senkte ihre rasiermesserscharfen Zähne in Balkoms Hand. Der Magier schrie vor Schmerz und Wut auf und schüttelte die Maus von seinem Finger ab auf den Boden, wo sie benommen herumtaumelte.

Die Maus auf dem Tisch bemühte sich unterdessen immer noch, das Armband zum Rand zu ziehen, kam aber nirgendwo hin. Als sie in Balkoms wutentbranntes Gesicht blickte, während seine Hand nach ihr griff, warf die Maus einen letzten, verzweifelten Blick auf das Armband und sprang freiwillig vom Tisch.

Sie kam jedoch nie unten an. Mitten im Flug verwandelte sie sich vor Balkoms überraschten Augen in einen Kolibri und schwirrte durch den engen Luftspalt davon und aus der Burg heraus. Balkom drehte sich der Magen um.

Das waren keine Mäuse.

Hektisch suchte der Zauberer auf dem Boden nach der anderen Maus. »Wer seid ihr wirklich? Was wollt ihr?«

Schließlich entdeckte er sie, als sie sich gerade unter der Tür zu Balkoms Schlafzimmer und zum Gang dahinter durchzwängte und sich damit dem Blick des Magiers entzog. Er konnte nicht hoffen, das verängstigte Tier zu erwischen.

Wenn der Zwerg und der Halbelf nicht irgendwie entwischt waren und sich in Mäuse verwandelt hatten, wußten jetzt noch zwei Leute, daß er das Armband hatte. Und es gab zwei andere: die Frau und den Kender, die seinem Netz entkommen waren! Der Zwerg und der Halbelf saßen sicher im Burgverlies. Hatte das Schattenmonster seinen Auftrag bezüglich der anderen beiden nicht erfüllt? Konnten sie mächtig genug sein oder so viel Glück haben und ihm entkommen?

Und was noch schlimmer war, sie hatten zweifellos sein Gespräch mit Hiddukel mitgehört. Auch wenn sie keine klare Vorstellung haben konnten, wo der Altar war, konnten Wesen mit der Fähigkeit, sich zu verwandeln, dessen Lage zweifellos entdecken. Um sicher zu sein, mußte er zum Altar, die Übergabe vollziehen und sofort Ladonnas Platz in der Versammlung übernehmen, wodurch er über dem Einfluß jedes Provinzzauberers in Tantallon oder sonstwo stehen würde.

Balkom bereitete sich so schnell wie möglich auf seine Abreise vor, doch zwei Fragen brannten in seinen Gedanken wie eine unlöschbare Flamme.

Wer waren die Frau und der Kender, und wieviel wußten sie?

Kapitel 5

Die Jagd

Nachdem sich Selana wieder in einen Sperling verwandelt hatte, versteckte sie sich und sah zu, wie Balkom von einem Sims vor seinem Fenster sprang. Das Armband an seinem Handgelenk war deutlich zu erkennen. Offenbar mit Hilfe eines Flugzaubers schwebte er dicht über die Baumwipfel im Norden des Dorfes davon und verbarg sich dann in den grauen Wolken, die seit dem Morgen tief am Himmel standen. Anscheinend wollte er tiefer in die Berge hinein, wobei er dem Ufer des großen Gebirgsflusses folgte, der die Klamm zwischen dem Schloß und dem stillen Örtchen Tantallon geformt hatte.

Selana wartete zwei Minuten, dann flog sie ihm hinterher, wobei sie einen Abstand ließ, der sie hoffentlich außerhalb der Reichweite eines möglichen Erkenntniszaubers hielt.

So nah! Sie hatte das Armband in den Zähnen gehalten! Beim Gedanken daran blutete ihr das Herz.

Die Meerelfin fühlte einen Anflug von Schuld, weil sie Flint und Tanis im Gefängnis zurückließ. Der Zwerg, der von der väterlichen Sorte war, schien – trotz seiner gelegentlichen Knurrigkeit – einer der nettesten Leute zu sein, die sie kennengelernt hatte, seit sie an Land war. Sie nahm an, daß viel von dem Gemaule nur Getue und Schau war, denn er bemühte sich offenbar wirklich darum, das Armband wiederzubeschaffen. Es tat ihr leid, ihn seinem Schicksal überlassen zu müssen.

Der Halbelf war etwas anderes ... So jemanden hatte sie noch nie zuvor kennengelernt. Feuer und Eis. Aufreizend. Ungeduldig. Fesselnd ... Eine mächtige Flamme, die aus seiner Seele genährt wurde, brannte in seinen Augen. Er war ein junger Mann, der von Extremen getrieben wurde, von den besten und den schlimmsten Leidenschaften. Aus irgendeinem, für sie unerklärlichen Grund schien sie das Schlimmste in ihm zu wecken, was sie traurig machte.

Sie wußte, ihre Verantwortung galt ihrem Bruder und ihrem Königreich, und wenn sie Balkom nicht sofort folgte, ehe die Wirkung des Tranks zu Ende war, würde der böse Magier entkommen, und das, wofür sie alle gekämpft hatten, würde verloren sein.

Mit etwas Glück würde es dem Kender gelingen, seine Freunde zu retten. Er schien jedenfalls zu der Sorte zu gehören, die immer auf den Füßen landete, egal wie aussichtslos die Situation wirken mochte. Der Kender war erfinderisch und unerschrocken, auch wenn dem noch etwas entgegenstand. Unverantwortlich war nicht ganz das richtige Wort, dachte sie. Er ließ sich leicht ablenken. Sie hoffte, er würde seinen Freunden helfen können, und sie fand, daß sie in dieser Hinsicht kaum etwas anderes tun konnte als hoffen.

Hoffnung schien auch der Hauptbestandteil ihrer augenblicklichen Strategie zu sein. Denn hoffentlich hielt ihr Trank lange genug an, um Balkom zu folgen. Hoffentlich würde sie vor Ablauf der Wirkung rechtzeitig genug gewarnt, damit sie den Erdboden ohne Schaden erreichen konnte. Hoffentlich war Balkom sich nicht darüber im klaren, daß er verfolgt wurde. Und hoffentlich konnte sie ihm das Armband auch abnehmen und damit entkommen.

Unterwegs schienen sie ständig demselben Tal zu folgen. Sie waren noch nicht von dem Hauptstrom des Flusses durch Tantallon abgewichen. Wenn ich ihn aus irgendeinem Grund verliere, beschloß Selana, dann werde ich diesem Fluß weiter folgen. Balkom scheint sich daran zu orientieren, und so verirre ich mich wenigstens nicht.

Sie konnte währenddessen die Berge kaum aus den Augen lassen. Selana hatte noch nie solche Gipfel gesehen. In ihrem Heimatreich konnte jeder leicht über die Unterwassergebirge hinwegschwimmen, aber die waren ziemlich trostlos, und ihre Spitzen und Kanten waren von der unermüdlichen Bewegung des Wassers rundgewaschen. Diese hier hingegen waren kühn zerklüftet und voller Leben. Dennoch erinnerte sie dieser interessante Flug mehr an ihr Zuhause als alles andere, seit sie das Meer verlassen hatte.

Burg Tantallon lag vielleicht dreißig Minuten zurück, als Selana sich allmählich merkwürdig schwer fühlte und ihr Blickfeld verschwamm. Der Trank. Wahrscheinlich ließ seine Wirkung nach. Mit klopfendem Herzen senkte die Meerelfin sofort ihren Kopf, legte die Flügel an und schoß direkt zur moosbedeckten Erde hinunter.

Sie hätte es fast geschafft.

Hinter den obersten Zweigen der Fichten und der knospenden Espen, genau über einem grasbewachsenen Abhang am Flußufer verwandelte sich der Sperling wieder in eine Meerelfin. Sie stürzte über acht Fuß tief ab, wobei ihr blauer Mantel um sie herumflatterte, und landete unsanft in einem großen, stacheligen Dickicht.

Mit einem durchdringenden Schmerzensschrei sprang Selana aus den Büschen, doch ihre Robe verfing sich in den spitzen Dornen. Tränen traten ihr in die Augen, während sie fast hysterisch an ihrem Umhang zerrte. Jetzt war das gute Stück, das schon bei dem Satyren und der Hetzjagd durch Tantallon arg gelitten hatte, völlig zerrissen. Sie zog an dem zerrissenen Stoff und heulte vor Enttäuschung und vor Erschöpfung nach all den Strapazen der vergangenen Tage, dem wenigen Schlaf, dem wenigen Essen. Das kleine Stück von dem Umhang, das noch um ihren Hals lag, riß sie ab und warf es wütend in den Busch, was ihren Ärger etwas besänftigte.

Ihr blaßsilbernes Haar war zerzaust und hing ihr in losen Strähnen um das verschwitzte, schmutzige, zerkratzte Gesicht. Mit nichts bekleidet als ihrer dünnen, gelblichen, wadenlangen Tunika sank die Prinzessin der Dargonesti-Elfen auf die Knie und weinte bitterlich.

»Was soll ich jetzt bloß machen?« schluchzte sie den Himmel an. Balkom war längst nicht mehr zu sehen, und sie hatte nur eine unklare Vorstellung von seinem Ziel: ein Versteck flußaufwärts, das jedoch meilenweit entfernt sein konnte. Zu einer Kugel zusammengerollt, hielt Selana sich mit den zerkratzten Händen den Kopf und weinte, bis sie keine Tränen mehr hatte und eine unheimliche Ruhe sie überkam.

Sie hatte keinen Proviant, keinen Unterschlupf und keine magischen Sprüche mehr übrig. Da sie todmüde war, mußte sie schlafen, bevor sie wieder zaubern konnte. Um Balkom überhaupt noch zu erreichen, bevor es zu spät war, das Armband zurückzuholen oder Rostrevor zu retten, würde sie zu Fuß über Land ziehen müssen. Diese Aussicht war fast unerträglich für sie. Wütend nahm Selana eine große Handvoll Kieselsteine und schleuderte sie vor lauter Zorn in den Fluß.

Fern von ihrem Volk und noch weiter weg von allem, was ihrem Leben im Meer ähnelte, fühlte sich die junge Meerelfin mutterseelenallein.

Selana berührte mit ihrer Zunge eine salzige Träne, die über ihre Lippen rann, und lächelte traurig, denn sie dachte an schöne Zeiten, die sie mit ihrer Familie – besonders mit ihrem großen Bruder – im Meer verbracht hatte. Semunel neckte sie furchtbar gern. Wenn sie ihm beim Fangenspielen nah kam, verwandelte er sich einfach in einen Delphin, eine Gestalt, die alle Dargonesti von Natur aus annehmen können, die jedoch meist nur auf der Flucht vor räuberischen Feinden benutzt wurde. Er schwamm schneller als sie, tauchte durch die Korallenriffe und die vielen Schiffswracks, mit denen der Meeresboden übersät war, und war ihr dabei immer nur eine Länge voraus, so daß sie ihn nicht packen konnte.

Als sie noch ganz klein war, hatte sie geweint und sich bei ihrem Vater, der Stimme der Monde, beschwert, der Semunel dann zurechtwies.

»Alle Mitglieder des Königshauses der Dargonesti müssen darüber stehen, jemanden lächerlich zu machen oder besiegen zu wollen, selbst untereinander«, sagte er in solchen Fällen streng.

Hinterher kniff Semunel sie, wenn ihr Vater nicht hinsah. »Du bist eine verzogene Prinzessin, Schwesterchen. Eines Tages wird Vater nicht dasein, um deine Kämpfe für dich durchzustehen«, schalt er. Und wenn sie dann vor Wut fast verrückt wurde, grinste er und schloß sie fest in die Arme und sagte: »Aber ich werde immer für dich da sein, Selana.«

Selanas Lippen verzogen sich zu einem bitteren Lächeln. »Vielleicht hat Semunel recht – vielleicht bin ich ein klein bißchen dickköpfig und zu verwöhnt«, murmelte sie nachdenklich. »Ich wünschte, er wäre jetzt hier und könnte mir helfen.«

Sie erinnerte sich daran, wie sie ihm die Anweisungen zur Herstellung des Armbands gezeigt hatte, die sie gefunden hatte. Als sie ihm erzählt hatte, was sie für ihn tun wollte, hatte er ihr regelrecht befohlen, den Plan zu vergessen.

»Halte dich von den Landbewohnern fern; die machen nur Ärger«, sagte er und drohte ihr wirklich mit dem Finger. »Wir lösen dieses Problem auch alleine.«

Sein herablassender Ton hatte sie verletzt, und sie hatte seine Einwände verworfen und war nachts fortgelaufen, um die Sache auf ihre Weise zu erledigen. Zu ihrem Leidwesen mußte sie jetzt zugeben, daß er recht gehabt hatte, was die Landbewohner anging.

Seufzend setzte sich Selana im Schneidersitz ans Flußufer, wo sie in einem ruhigen, flachen Teich hinter einem umgestürzten Baum ihr Spiegelbild betrachtete.

»Wie konntest du eigentlich annehmen, eine solche Reise alleine zu schaffen?« stöhnte sie das mitgenommene, blasse Gesicht im unbewegten Wasser an. Welcher Wahn hatte aus einer einst unbeschwerten, jungen Prinzessin ein geschlagenes, heulendes Dummchen in einer abgelegenen Bergkette gemacht? Sie gehörte in ihre geliebte Heimat, wo sie sich an den schönen Wellen erfreuen könnte. Wenn sie doch nur wieder schwimmen könnte ...

Plötzlich bekam Selana große Augen. Sie betrachtete den brausenden Fluß. Ob er tief genug war? Wenn die Strömung nun zu stark war und sie flußabwärts trieb? Das Wasser würde auf jeden Fall viel kälter sein als das, an das sie gewöhnt war. Und es war Süßwasser, kein Salzwasser, doch darin konnte sie lange überleben.

Trotz ihrer Zweifel hatte sich die Meerelfenprinzessin bereits entschlossen. Sie glühte vor Verlangen, sich vom vertrauten Wasser umgeben zu lassen, egal was daraus erwachsen würde. Kühn stand sie auf und zog einen von ihren weichen Lederstiefeln aus, um mit dem großen Zeh die Wassertemperatur zu prüfen – es fühlte sich an wie frisch geschmolzener Schnee. Als sie den Stiefel wieder anzog, zitterte sie, doch nicht nur wegen der Kälte. Sie erinnerte sich daran, daß es sich nicht so eisig anfühlen würde, wenn sie erst in ihrer dicken, blaugrauen Delphinhaut stecken würde.

Selana schloß ihre großen, meerfarbenen Augen. Mit zusammengebissenen Zähnen zwang sie ihre Füße, sie in das schnell fließende, eiskalte Wasser zu tragen. Jede Faser ihres Körpers schrie vor Protest gegen diese Zumutung für ihr zartes, blasses Fleisch. Dann stand sie bis zum Bauch im Wasser, das sie bis auf die Haut durchnäßte. Das Geräusch des fließenden Wassers, das den Berg hinunterströmte, beruhigte ihre Nerven. Während sie mit gekonnter Leichtigkeit die Arme ausbreitete, holte sie tief Luft, hielt sie an und tauchte unter.

Selana rief sich eine Kindheitserinnerung ins Gedächtnis und konzentrierte sich darauf. Auf der Stelle fühlte sich das Wasser, das über sie hinwegströmte, nicht mehr eisig an. Sie spürte das vertraute »Verschmelzen« – anders konnte sie das Gefühl kaum beschreiben, wie sich ihre Beine in einen kräftigen Schwanz verwandelten, wie ihre Arme zu kleinen Flossen wurden und sich ihr Blickfeld erweiterte, wie ihr eine flaschenförmige Schnauze wuchs und die Augen weit auf beide Seiten auseinanderwichen.

Sie fühlte sich frei!

Mit Schlägen ihrer Schwanzflosse wandte sie sich flußaufwärts, während sie gleichzeitig die Tiefe des Flußbetts auslotete. Als sie zum ersten Mal atmen mußte, konnte sie der gefährlichen Versuchung nicht widerstehen, in einem anmutigen Bogen herauszuspringen und dabei nach Luft zu schnappen wie Fische nach Fliegen. Sie rollte sich einmal herum, dann noch einmal – einer der ersten Tricks, die sie als Delphin gelernt hatte. Noch einmal sprang Selana aus dem Wasser hoch in die Luft, wobei sie in einer trotzigen Geste mit neuem Selbstvertrauen ihren mächtigen Schwanz schwang.

Befriedigt schwamm sie weiter. Bald würde sie sich nach dem Versteck umsehen müssen, auch wenn ihr gar nicht richtig klar war, wonach sie suchen sollte. Würde es ein Haus sein wie die in der Stadt? Sie streckte ihre Schnauze aus dem Wasser und schwamm im Zickzack, während ihre schwarzen Augen das Ufer nach Balkom absuchten.

Die größte Schwierigkeit stellten die unberechenbaren Strömungsänderungen dar. Manchmal dehnte sich der Fluß plötzlich auf die doppelte Breite aus, wurde seicht und floß ruhig dahin. Ebenso plötzlich verwandelte sich der Fluß wieder in ein reißendes Gewässer.

Je höher sie in die Berge kam, desto mehr wichen die hohen Fichten und Espen kleineren Pinien und Büschen. So weit flußaufwärts mußte sie großen, scharfkantigen Eisschollen ausweichen, die vom Ufer abbrachen. Um die Sache noch weiter zu erschweren, änderte der Fluß zwar immer wieder seine Breite, doch die Tiefe nahm ständig ab. Selana wußte, wenn sie Balkoms Versteck nicht bald fand, würde sie nicht weiterschwimmen können. Als Delphin brauchte sie einfach ein paar Fuß Wassertiefe.

Als sie in einem schnell fließenden Abschnitt mit der starken Strömung kämpfte, fiepte Selana plötzlich vor Schmerz, als ihre linke Flosse an einem scharfen Felsen unter Wasser entlangratschte. Sie hörte und fühlte, wie die feste Haut riß. Das eisige Wasser verstärkte den Schmerz, und in Panik schlug die Meerelfin nur noch um sich. Auf der Stelle sank ihr der Mut, als ihr klar wurde, daß sie in der starken Strömung mit nur einer Flosse unmöglich lenken konnte. Schnell stieß sie sich mit dem Schwanz zum Ufer, wobei sie nur mit der rechten Flosse steuerte.

Noch bedrückender war die Erkenntnis, daß sie nicht einfach am Flußufer liegenbleiben konnte, bis ihre Wunde heilte. Sie brauchte ihre Hände, um sich zu verbinden, und mußte schlafen, um wieder denken zu können. Wenn sie als Delphin in dieser Strömung einschlief, würde sie unweigerlich ertrinken. Da sie wirklich keine Wahl hatte, seufzte Selana niedergeschlagen und nahm wieder ihre menschenähnliche Gestalt an.

Das Wasser rann ihr von den Brüsten, während sie so dastand. Die fingerlange, knochentiefe Wunde unter dem Ärmel ihrer triefenden Tunika begann sofort, unerträglich weh zu tun. Ein pulsierender, dicker, roter Blutstrahl spritzte heraus. Während sie darum kämpfte, bei Besinnung zu bleiben, zog sie sich mit ihrem heilen Arm die Böschung hoch. Dort angekommen, lag sie auf dem gefrorenen Boden und zitterte im eisigen Wind.

Selana konnte es kaum glauben, aber sie war jetzt tatsächlich schlimmer dran als vorher. Die Temperatur im Fluß war nahezu konstant geblieben, doch die Luft war in dieser Höhe viel kälter als das Wasser. Jetzt war sie ernsthaft verletzt, jedoch noch immer ohne Essen oder Schutz. Ihr wurde klar, daß sie leicht tot sein konnte, ehe die Sonne wieder aufging.

Ich muß trocken werden, dachte Selana erschöpft, obwohl ihr von dem Blutverlust schwindelig war. Indem sie ihren ganzen Willen zusammennahm, nutzte sie den allerletzten Zauber aus ihrem Gedächtnis: einen Zaubertrick, eigentlich nur etwas zum Üben, der so unscheinbar war, daß er praktisch nicht zählte. Wenn man sie jedoch einmal beherrschte, waren Zaubertricks ungeheuer flexibel, und darauf setzte Selana jetzt. Es strengte sie sehr an, doch mit Hilfe des Zaubertricks gelang es ihr, das eisige Wasser aus ihrer dünnen Tunika zu wringen und sie trockenzublasen. Diese Anstrengung schwächte sie jedoch noch mehr.

Sie riß einen Streifen Tuch vom zerfetzten Saum ihrer Tunika ab und verband damit fest die brennende, blutende Wunde, um die Verletzung zu schließen und die Blutung zu stoppen. Der zusätzliche Druck der Bandage schmerzte zwar, gab Selana jedoch gleichzeitig ein beruhigendes Gefühl.

»Du mußt dich ein wenig ausruhen«, murmelte sie laut, weil sie hoffte, daß der Klang einer Stimme – und wenn es nur ihre eigene war, sie wachhalten würde. »Such dir eine windgeschützte Stelle.« Stolpernd taumelte Selana auf einen auffällig weißen Felsvorsprung am Berghang zu. Bestimmt konnte sie dort ein Eckchen finden, wo sie sich vor den gnadenlosen Böen des Bergwinds verstecken konnte.

Schließlich fand sie eine kleine, niedrige Höhle, die gerade für ihren zierlichen Körper ausreichte. Sie rollte sich – an den kalten Granit gedrängt – zusammen. Während sie ihre zerrissene Tunika fest um sich zog, blinzelte sie mit verschleierten Augen in die trostlose Landschaft vor sich.

Sie wußte mit erschreckender Klarheit, daß sie sterben würde ... Unter dem heulenden Wind würde sie ins ewige Vergessen fortgleiten und niemals wieder erwachen – wenn sie nicht den Klerikern glaubte, die behaupteten, daß es ein Leben nach dem Tode gäbe, sofern man an die wahren Götter glaubte (wer die auch waren). Doch das tat sie nicht. Sie dachte, sie hätte eine Bewegung gesehen, und zwang sich, die Augen offenzuhalten. Vielleicht ein Ast, der heruntergefallen war? Oder eine Halluzination? Sie verwarf den Gedanken, denn was auch immer sie gesehen hatte, es war viel größer als ein Ast und verschmolz perfekt mit dem grauen Granit der Bergwand. Sie glaubte, einen riesigen Minotaurus zu sehen, eine wilde Mischung aus Mensch und Rind, doch der hier bestand aus poliertem, weißem Granit. Er sprang über den Fluß und kam auf sie zu.

Ich habe wirklich Halluzinationen, dachte sie. Ich mache einfach die Augen zu und schlafe, und wenn ich aufwache, ist er weg. Aber als sie die Augen schloß, hörte sie keuchendes Atmen und böses Schnauben. Ich halte mir einfach auch die Ohren zu, dachte sie dämmrig. Mit fest zugepreßten Augen und den Fingern in den Ohren wartete sie.

Da ergriffen zwei große Hände, die genauso kalt waren wie Granit, Selana an den Schultern und hoben sie in die Luft. Kurz vor der Ohnmacht schlug Selana noch einmal die Augen auf und sah wieder den erschreckenden Granitminotaurus mit den Hörnern auf dem Kopf.

Einen letzten, kurzen Moment lang dachte sie fast dankbar, daß sie bestimmt schon tot war.

Kapitel 6

Ausbruch

Tolpan streckte sich unter einem kleinen Nachttisch aus, leckte sich die Pfoten und strich sein Fell glatt. Sein Schwanz fuhr gelassen hin und her. Das war ein angenehmes Gefühl, und er bedauerte es direkt ein wenig, daß Kender keine Schwänze hatten.

Er konnte immer noch nicht glauben, was er und Selana im Labor mitangesehen hatten. Eine sprechende Münze, die den bösen Gott Hiddukel darstellte! Er konnte es kaum erwarten, Tanis und Flint davon zu erzählen, besonders jetzt, wo Selana weggeflogen war. Sie hatte ihm noch eine telepathische Botschaft zukommen lassen, bevor sie durch den Luftschlitz in der Kammer des Magiers verschwunden war.

»Tolpan, ich folge ihm und hole mir mein Armband zurück«, hatte sie gesagt; Tolpan hatte es ihr nicht mehr ausreden können, denn sofort danach war sie nicht mehr zu sehen und außer Reichweite gewesen.

Also war Tolpan in einer richtigen Mäuschenpanik aus dem Labor des bösen Zauberers gehuscht, den Gang etwas hinuntergelaufen und dann unter der ersten Tür durchgeschlüpft, an der er vorbeikam. Er fand sich in einem Schlafzimmer wieder. Wahrscheinlich ein unbenutzter Raum, wie er beschloß, denn der Kamin war kalt, und in den Ecken wirbelten zahlreiche Blätter herum, wenn ein Windstoß durch das winzige Fenster drang. Dennoch machten die paar Teppiche auf dem Boden das Zimmer behaglich, und es schien ein gutes Plätzchen zu sein, um ein Päuschen zu machen und zu entscheiden, was er jetzt machen sollte.

Tolpans erste Entscheidung war, seine Mäusegestalt gegen etwas einzutauschen, wonach der Zauberer nicht Ausschau halten würde. Da die meisten Menschen anscheinend Katzen mochten, gab es in Tantallon jetzt eine weiß-braun-türkisblaue Katze mit einem ungewöhnlich langen Haarschopf am Hinterkopf.

Außerdem fand er es angebracht, noch eine oder zwei Minuten zu warten, bevor er allzuweit herumlief, nur für den Fall, daß jemand den Gang beobachtete. Tolpan putzte sich nach Katzenart, wobei er sich ununterbrochen fragte, ob er bei der Rückverwandlung in seine normale Gestalt auch wirklich sauberer sein würde.

Kurz darauf begann er, seine Lage genau zu überdenken. Kender sind tatsächlich zu analytischem Denken fähig, was allerdings nur wenigen Leuten klar ist. Unter den richtigen Bedingungen sind sie sogar recht gut darin, weil sie aber so leicht abzulenken sind, schaffen sie es selten, einen Gedankengang bis zu einer logischen Schlußfolgerung fortzuführen. Jedenfalls war es dem klaren Denken förderlich, wenn man pfotenleckend und friedlich schnurrend unter einem Nachttisch lag.

Er stellte sich selbst eine Frage: Wenn ich ein böser Zauberer und mit Hiddukel im Bunde wäre und mich in dieser Lage befände, was würde ich machen? Der Magier würde das Armband jetzt hüten, soviel stand fest. Und sie hatten einen großen Vorteil verspielt, indem sie ihm gezeigt hatten, daß sie das Armband wollten und daß sie ihre Gestalt verändern konnten.

Tolpan mußte sich also etwas anderes überlegen. Es war Selana und ihm nicht gelungen, das Armband wiederzubekommen, aber Flint und Tanis saßen immer noch irgendwo im Schloß gefangen. Die Gefangenen hatten unter der Burg Dinge gesehen – den Zombie zum Beispiel –, die der Zauberer zweifellos zumindest den Ritter nicht wissen lassen wollte. Damit waren der Zwerg und der Halbelf in echter Gefahr. Tolpan war sicher, eine bessere Gelegenheit, die beiden zu retten als jetzt, während der Trank noch wirkte, würde er nicht bekommen. Also mußte er sich beeilen.

Selana und er hatten nach dem Verschwinden des Schattenmonsters gesehen, wie der Magier vom Kerker zur Burg gelaufen war. Demnach wurden Flint und Tanis wahrscheinlich dort festgehalten.

Tolpan beendete seine Katzenwäsche, stand auf, streckte sich und lief auf leisen Sohlen zur Tür. Als er den Spalt darunter beäugte, schätzte er dessen Höhe ab. Als Maus war er problemlos hindurchgeschlüpft, aber warum sollte er wieder eine Maus werden, wenn es so viele andere, unterhaltsame Formen gab, die er noch ausprobieren mußte.

Einen Augenblick später hatte er sich auch schon in eine zwei Fuß lange, grau-braun-goldene Schlange verwandelt. Der Steinboden unter seinem Bauch fühlte sich angenehm kühl an. Tolpan züngelte versuchsweise ein paarmal, um dann den Kopf unter der Tür hindurchzustecken und langsam in beide Richtungen zu blicken. Der Gang war frei.

Sein erster Versuch vorwärtszukommen, war das Gegenteil von erfolgreich. Sein Körper verrenkte sich, zuckte und überschlug sich, so daß er sich den Kopf an der Türkante stieß, aber nicht vorwärtskam. Das ist gar nicht so einfach, wie es bei Schlangen aussieht, befand Tolpan. Nach einigen weiteren vergeblichen Kriechversuchen schaffte er es, sich wieder auf die richtige Seite zu rollen, war aber immer noch nicht im Flur.

Scheinbar machte er es vom Ansatz her falsch. Zum Krabbeln braucht man Arme und Beine. Statt dessen mußte er herausfinden, wie man schlängelt. Er dachte darüber nach, wie eine Schlange sich durch eine Wiese windet, und ohne wirklich zu begreifen, wie es ihm gelang, kam er auf einmal zügig seitlich und vorwärts zugleich voran, bis er unter der Tür durch war und sich draußen im Gang befand.

Tolpans Neugier, was Schlangen anging, war schnell befriedigt – außerdem erschrecken die meisten Leute fürchterlich, wenn sie auf eine Schlange stoßen, und versuchen, sie in zwei Teile zu schlagen –, darum verwandelte er sich gleich weiter, nachdem er unter der Tür durch war. Diesmal entschied er sich für einen Spaniel mit orange-cremeweißem Fell. Mit hoch erhobenem Schwänzchen trottete er den Gang hinunter, witterte unter Türen durch, sprang eine Wendeltreppe hinunter und durch eine offene Tür in den Hauptgang. Der Weg nach draußen schloß sich gleich rechts an.

Tolpan rannte zum Ausgang und sprang hoch, um beide Vorderpfoten an die Tür zu legen. Er stieß den Riegel mit der Nase hoch, und die Tür schwang auf. Sobald er draußen war, lief Tolpan geradewegs zum Gefängnis. Die Eingangstür stand offen, und er tapste einfach hinein.

Zwei Soldaten hatten es sich auf einer Bank im Vorraum bequem gemacht und würfelten. Tolpan wußte gleich, daß er am richtigen Ort war, denn er erkannte hinter ihnen auf dem Boden Tanis' Bogen und Flints Axt.

Auf der anderen Seite des Raums führte eine Gittertür zu den Gefängniszellen. Die Abstände zwischen den Stangen waren groß genug, daß Tolpan durchschlüpfen konnte, aber um Flint und Tanis herauszulassen, mußte die Tür aufgeschlossen werden.

Während seiner Reisen war Tolpan nur auf wenige Schlösser gestoßen, die er mit seinem Werkzeug nicht aufbekam. Und aus Erfahrung wußte er, daß die meisten Gefängniszellen keine besonders guten Schlösser hatten. Aber nur für alle Fälle sah er sich nach einem Schlüsselring um. Einer hing an einem großen Haken an der Wand hinter den zwei Würfelspielern.

Der ältere der beiden schien zu gewinnen, denn der Stoß Kupfermünzen vor ihm war deutlich größer als der des anderen Soldaten. Sie waren so in ihr Spiel versunken, daß Tolpan einfach so an ihnen vorbei zur Eisentür stromern konnte. In diesem Augenblick mußte der verlierende Spieler einen besonders schlechten Wurf gemacht haben, denn er fluchte lauthals und schmiß die Würfel durch den Raum. Beide Wachen schauten direkt auf Tolpan.

»Was ist das denn für ein Hund?« fragte der ältere Wächter. »Den hab' ich noch nie gesehen.«

»Ich weiß nicht«, erwiderte der zweite, »aber er hat jedenfalls eine komische Farbe. Und guck dir mal diesen lächerlichen Haarschopf auf seinem Kopf an. Gib mal dein Messer her, Dunkan. Ich will ihn mal abschneiden.«

Dunkan holte ein kleines Messer aus einer Scheide in seinem Gürtel und reichte es seinem Kumpel, doch ein drohendes Knurren ließ sie beide innehalten. Dunkan bemerkte: »Ich glaube, deine Idee gefällt ihm nicht, Julius.«

»Ich bin sicher, er hat nicht die leiseste Ahnung, wovon wir reden.« Julius nahm das Messer.

»Rrrr, wuff!« Tolpan fletschte die Zähne.

Julius und Dunkan betrachteten den Hund stirnrunzelnd. Beide Wachen behielten Tolpan im Blick, während Julius Dunkan sein Messer zurückgab. Tolpan wedelte mit dem Schwanz und lächelte, so gut er konnte. Dunkan reichte Julius das Messer erneut, und Tolpan knurrte wieder.

Dunkan grinste breit. »Der ist schlau. Wenn ich es nicht besser wüßte, würde ich wetten, er versteht jedes Wort.«

Tolpan bellte und kam heran. Beide Männer tätschelten ihn freundlich, und Julius zog sogar einen Streifen Trockenfleisch aus der Tasche und bot ihn dem Hund an. Tolpan hatte eine ganze Weile nichts mehr gegessen und schlang es hungrig hinunter. Überrascht merkte er, daß der Geschmack auf seiner langen Hundezunge nicht so kräftig war, wie er bei seinen empfindlichen Kendergeschmacksnerven gewesen wäre. Nach einer neuerlichen Streichelrunde holten die Wachen ihre Würfel zurück und nahmen ihr Spiel wieder auf.

Der Kenderspaniel lag unter der Bank auf dem Boden. Dort blieb Tolpan ein oder zwei Minuten lang, bis er sicher war, daß die Wachen wieder in ihr Spiel vertieft waren. Dann stand er auf, tat so, als wollte er den Raum untersuchen, und schlüpfte durch die Eisentür.

Sofort sah Tolpan, daß der hintere Teil des Kerkers fünf Zellen hatte. Jede wurde durch eine schwere, mit Eisenbändern verstärkte Holztür verschlossen. Durch ein kleines, vergittertes Fenster in jeder Tür konnten die Wachen in die Zellen schauen. Je zwei Zellen lagen auf beiden Seiten des Gangs und eine fünfte am Ende.

Langsam streunte Tolpan an den Türen vorbei, wobei er überall nach bekannten Stimmen lauschte. Hinter der zweiten hörte er Flint maulen. »Dieser Zauberer ist absolut bösartig. Nach allem, was wir gesehen haben, wird der uns nicht lebend hier rauslassen. Glaubst du, daß Tolpan und Selana diesem scheußlichen Schattending entkommen sind?«

Guter, alter Flint, dachte Tolpan und wedelte glücklich mit dem Schwanz. Er prüfte die Lücke zwischen Tür und Boden. Die Steine auf dem Boden waren rauh und uneben, wodurch stellenweise größere Löcher klafften. Er warf einen Blick über die Schulter: Julius und Dunkan waren immer noch mit ihrem Spiel beschäftigt. Spontan verwandelte sich Tolpan in einen Einsiedlerkrebs. Das dürfte lustig werden, dachte er, als er unter der Tür durchkrabbelte.

Flint Feuerschmied schaute zur Tür, als er ein Geräusch aus dieser Richtung bemerkte. Ein Krebs auf dünnen Beinchen mit klackenden Scheren war nicht gerade das, was er erwartet hatte. »Große Götter! Was, bei Reorx' Schmiede, ist denn das für ein scheußliches Vieh?«

Tanis, der mit dem Rücken zur Wand auf dem Boden hockte, war sachlicher. »Sieht mir aus wie ein alter Krebs, aber wenn du ihn in Ruhe läßt, stört er uns wahrscheinlich nicht.« Dennoch sah Tolpan zu seinem Vergnügen, wie Tanis aufstand.

»Der stört mich jetzt schon«, grummelte Flint. »Jedenfalls werde ich nicht mit ihm spielen. Ich werde ihn zertreten.« Als der Zwerg näherkam, blieb Tolpan stehen und rannte dann mit hoch erhobenen Scheren wild klickend auf ihn zu. Der überraschte Zwerg sprang zu Tanis zurück. »Hast du das gesehen? Er hat mich angegriffen!« Beide Männer starrten den Krebs sprachlos an.

»Das reicht. Ich laß mich doch nicht von so einem dicken Krabbelvieh herumscheuchen, heute schon gar nicht. Geh zur Tür rüber, Tanis, und schneide ihm den Weg ab, falls er versucht zu fliehen.«

Als Flint näherkam und dabei versuchte, immer einen eisenbeschlagenen Stiefel erhoben zu halten, um jederzeit zutreten zu können, konzentrierte sich Tolpan eiligst darauf, wieder ein Kender zu sein. Doch das gelang ihm nur noch gerade so eben. Mit einem bunten Wirbel verwandelte sich der kleine Krebs in Tolpan Barfuß, der auf dem Rücken lag und so lachte, daß er sich die Seiten halten mußte.

»Puh, Flint, du hättest dein Gesicht sehen müssen, als ich dich angegriffen habe! Das war dein gesamtes Gewicht in Stahl wert!«

Flint fand das nicht sehr lustig. Er packte Tolpan an der Jacke und riß ihn auf seine wackligen Beine. »Was ist hier los, Kender? Was für faule Tricks hast du vor?«

»Keine Tricks, Flint. Ich bin gekommen, um euch hier rauszuholen.« Tolpan strich sich seine verknitterte Jacke glatt und wich zurück. »Wie gefiel euch mein Auftritt?«

Tanis spähte durch das Fenster in der Tür, um festzustellen, ob die Wachen etwas von dem Lärm mitbekommen hatten, aber draußen rührte sich nichts. Er drehte sich wieder zu Tolpan um. »Was geht hier vor, Tolpan? Wie hast du das gemacht?«

»Selana hatte so einen Zaubertrank, und den haben wir geteilt, damit man uns nicht erkennt.« Tolpan wischte sich die letzte Lachträne aus dem Auge. »Das ist wirklich toll. Ihr solltet es bei Gelegenheit mal ausprobieren. Ich war schon ein Vogel und eine Fliege und eine Maus und alles mögliche.«

»Wo ist Selana denn überhaupt?« fragte Tanis, der wieder

durch das kleine Fenster in der Tür blickte, als wenn sie gleich dort auftauchen würde.

Tolpan wurde ernst. »Das ist eine lange Geschichte, aber wir wurden getrennt, und jetzt ist sie unterwegs in die Berge, hinter dem Magier her – weil, der hat das Armband. Ich würde es euch ja genauer erzählen, aber ich weiß nicht, wie lange der Trank noch wirkt. Wir sollten uns erst in Sicherheit bringen. Ich erzähle euch die ganze Geschichte später, wenn wir unterwegs sind, um Selana zu retten.«

Tanis und Flint nickten. »Hast du einen Plan?« fragte Flint.

»Guckt einfach zu.« Wieder war Tolpan von wirbelnden Lichtern umgeben und verwandelte sich in den orange-cremeweißen Spaniel zurück. Er lief zur Tür, wo er bellte, winselte und an dem schweren Holz kratzte.

Dunkan und Julius im Vorraum unterbrachen ihr Spiel und sahen sich um, weil sie nach dem Hund suchten. »Klingt, als wäre er hinten bei den Zellen, Julius. Sieh doch mal nach, was los ist, und bring ihn hierher.« Der jüngere Wächter stand widerstrebend auf, nicht ohne zuerst die wenigen, übrigen Kupferstücke in einen kleinen Beutel zu füllen und diesen in den Gürtel zu stecken. Mit dem Schlüsselring von der Wand schloß Julius die Eisentür auf und ging nach hinten in den Zellentrakt. Kurz darauf blickte er durch die Zellentür und kratzte sich am Kopf.

»He, ihr beiden, wie ist denn der Hund zu euch reingekommen?«

Flint sagte: »Der ist unter der Tür durchgekrochen.« Tanis nickte, und Tolpan bellte einfach weiter.

»Das ist unmöglich«, stellte Julius fest. »Der Hund kann auf keinen Fall unter der Tür durchgekommen sein. Der Spalt ist überhaupt nicht breit genug.«

Flint kniff die Augen zusammen und machte eine Handbewegung zur Tür hin. »Du und ich, wir wissen beide, daß die Tür abgeschlossen ist, also erzähl *du* mir, wie er hier reingekommen ist.«

Dunkan ging zu Julius nach hinten. »Wie zum Teufel ist der Hund da reingekommen?« fragte er sich laut, als er in die Zelle sah.

»Haben wir doch gesagt, unter der Tür durchgekrochen«, wiederholte Tanis.

Flint fügte hinzu: »Holt ihn hier raus, ja? Er macht einen Heidenlärm.«

»Wenn er reingekrochen ist, warum kriecht er dann nicht einfach wieder raus?« fragte Julius.

»Das ist ein Hund, kein Studierter – vielleicht hat er nicht daran gedacht«, knurrte Flint. »Jedenfalls will er offenbar genausowenig hier drin sitzen wie ich. Könnt ihr ihn nicht rauslassen, damit wir hier mal ein bißchen schlafen können?«

»Äh, doch.«

Julius griff nach dem Schlüssel, doch Dunkan hielt ihn zurück. Der ältere Wächter zog sein Schwert und stellte sich gegenüber der Zellentür auf. »Jetzt laß ihn raus.«

Bis zu diesem Punkt hatten Tanis und Flint keine klare Vorstellung gehabt, was Tolpan vorhatte, doch sie wußten, daß es nicht so günstig war, sich auf zwei bewaffnete Männer in Rüstung zu stürzen. Als die Tür aufging, standen sie geduldig da, während Tolpan in den Gang lief. Julius schlug die Tür zu, und während er sie verschloß, trat Dunkan nah ans Fenster und sagte: »Jetzt habt ihr eure Ruhe, Jungs.«

Während alles sich auf die Tür konzentrierte, bemerkte Tanis einen blassen Lichtblitz hinter den Wachen. Ein rascher Blick zu Flint verriet dem Halbelfen, daß sein Freund ihn auch gesehen hatte.

Als Julius und Dunkan wieder in den Vorraum gehen wollten, bestätigten zwei Aufschreie, denen ein lautes Knurren folgte, Tanis' Vermutung. Er rannte zur Tür und blickte durchs Fenster. Links sah er Julius und Dunkan an der hintersten Zellentür kauern, ihre zitternden Kurzschwerter nach vorn gestreckt. Rechts sah er einen der schrecklichsten Anblicke von Krynn: einen riesigen, grünen, sabbernden Troll mit hängenden Schultern. Schwarze Haare hingen in fettigen Klumpen über sein warzenübersätes Gesicht und die lange, spitze Nase. Zwei Glubschaugen glühten wie schwarze Kohlen. Von den gelben Reißzähnen, die für den Mund des Untiers zu lang waren, tropfte Geifer.

Das alptraumhafte Wesen streckte einen überlangen, dicken Arm aus und nahm Julius den Schlüsselring aus seiner weißen Hand. Einen Augenblick lang fummelte es mit den Schlüsseln herum, wobei seine langen, schwarzen Fingernägel an das Metall klackten. Als es gefunden hatte, was es suchte, schloß es die Tür zu den Gefangenen auf. Flint und Tanis schlüpften auf den Gang. Der Troll zeigte fauchend auf die Zelle, woraufhin die beiden Wachen sofort hineinrannten. Dann schlug der Troll hinter ihnen die Tür zu und schloß ab.

Tanis und Flint rannten in den Vorraum. Der Troll trottete hinterher, wobei er sich mit seinem riesigen Körper ducken mußte, damit er durch die Tür paßte. Nachdem er um die Ecke war, wo er von der Zelle aus nicht mehr gesehen werden konnte, verwandelte sich Tolpan erneut, diesmal wieder in seine wahre Gestalt. Die Eisentür war verschlossen, und die Schlüssel hingen brav an ihrem Haken an der Wand.

»Hier«, sagte Tolpan und holte ihre Waffen hinter der Bank hervor. Mit zufriedenem Seufzer hängte Tanis sich seinen Bogen über die Schulter. Flint steckte seine bewährte Axt in die Schlinge an seinem Gürtel und tätschelte sie zärtlich, als wäre sie endlich wieder zu Hause.

Tanis schlich sich vor und warf einen Blick durch die Eingangstür. »Alles frei. Wir sollten versuchen, nicht so auszusehen, als wären wir gerade aus dem Gefängnis ausgebrochen. Und, Tolpan, grins nicht so.«

Die drei traten mit den Händen in den Taschen in die Sonne hinaus. Geschwind gingen sie über den Hof direkt auf das Tor zum inneren Burghof zu und von da aus zum äußeren Haupttor. Nach wenigen Minuten hatten sie die Brücke überquert und machten sich zu den Bergen auf.

Kapitel 7

Geflügelte Flammenwesen

»Tolpan, du Riesentürknauf!« donnerte Flint, der am verschneiten Ufer flußabwärts stapfte und dabei Büschen, Felsen und Schlaglöchern auswich. »Was machst du denn auf der Eisscholle? Du treibst in die falsche Richtung! Auf der Stelle kommst du runter und hierher!«

»Würde ich ja gern«, schrie Tolpan über das Tosen des Wassers, »aber mir ist nicht so klar, wie ich das anstellen soll.« Er hüpfte auf dem kleinen Stück Eis hin und her, blickte über den Rand und maß mit den Augen die Wassertiefe und die Entfernung zum Ufer, während er weiter den Fluß hinuntertrieb.

Während sie dem Fluß in die Berge gefolgt waren, war das frühlingshafte Grün der Landschaft allmählich winterlichem Eis und Schnee gewichen. Tolpan war zum Flußufer gelaufen, um sich schnell einen Schluck Wasser zu schöpfen, aber das Land unter seinen Füßen hatte sich als schneebedecktes Eis erwiesen. Das fand er jedoch erst heraus, als es unter lautem Ächzen und Knirschen vom Ufer abgebrochen war.

»Zu dumm, daß ich nichts mehr von Selanas Trank habe, ihr wißt schon, den Trank, mit dem ich mich in einen Vogel verwandeln konnte. Dann könnte ich zu euch rüberfliegen«, rief Tolpan ihnen unbekümmert zu. »Habe ich euch schon erzählt, wie ich eine Fliege war und mich dann in eine Maus verwandelt habe und aus dem Netz gefallen bin, als mich diese riesige, haarige Spinne gejagt hat?« Bei der Erinnerung rieb sich Tolpan die Hüfte.

»Der Verwandlungstrank. Das hast du uns erst tausendmal erzählt«, keuchte Flint, der sich anstrengen mußte, nicht von einer Schneebank zu rutschen, während er auf gleicher Höhe neben dem treibenden Eisstück herlief. »Ich mein's ernst, Tolpan. Hör auf mit dem Unfug und komm da runter.«

»Flint«, rief Tanis, der leichtfüßig hinter dem Zwerg her durch den fast knietiefen Schnee sprang, »ich glaube nicht, daß Tolpan diesmal Unfug macht.« Dann fügte er mit leiser Stimme an Flint hinzu: »Er merkt es vielleicht gar nicht, weil er vor nichts Angst hat, aber er ist wirklich in Gefahr.«

»Großer Reorx«, schimpfte der alte Zwerg, blieb stehen und verschränkte die Arme vor der Brust. »Wir sollten ihn einfach zurücklassen, so viel Scherereien wie er uns schon gemacht hat.«

Tanis blieb ebenfalls stehen und stemmte die Hände in die

Hüften. »Zum Beispiel, als er uns aus dem Gefängnis befreit hat?« fragte er gereizt.

Flint sah ihn finster an. »Ich dachte mehr an die Male, wo er das Armband gestohlen hat, womit dieser ganze Álptraum angefangen hat, aber ich gebe zu, daß er hin und wieder ganz nützlich war«, sagte er. Dann senkte er den Kopf. »Was sollen wir jetzt also machen?«

Sie sahen zu dem Kender rüber, dessen Eisscholle sich gerade in einem Haufen alter Zweige in der Mitte des Flusses verfangen hatte.

»Ich weiß es nicht«, sagte Tanis und kratzte sich am Kopf, »aber uns sollte lieber bald etwas einfallen, weil der Fluß weiter unten immer breiter wird, und ich meine, ich kann mich an einen kleinen Wasserfall etwa an der Schneegrenze erinnern.«

Flint sah Tanis erschrocken an.

Der Halbelf schnippte mit den Fingern. »Ich hab's! Wir suchen einen langen Ast. Den halten wir ihm hin und ziehen ihn an Land.« Flint nickte zustimmend und schloß sich Tanis sofort bei seiner hastigen Suche nach einem langen, festen Ast an.

Was Tolpan anging, so war der nicht gerade auf »Unfug« aus, aber er war auch nicht allzu unglücklich über das, was mit ihm geschah. Auf der tanzenden, schwankenden Eisscholle entlangzutreiben, erinnerte ihn an das Türenreiten von früher, einen sehr beliebten Wintersport der furchtlosen Kenderrasse. In seiner Heimatstadt Kenderheim hatten die Kender damals beim ersten, ausreichenden Schnee die Haustüren ausgehängt und waren auf ihnen – ob alt oder jung – im Stehen die verschneiten Hänge heruntergerutscht. Unternehmungslustigere Kender fuhren auf den Türen gern schneebedeckte Treppen hinunter, denn vielen Häusern in Kernderheim fehlten Dach oder Wände, so daß auch innen eine dicke Schneedecke lag.

Die mutigsten Kender waren sogar dafür bekannt, daß sie mehrstöckige Gebäude mit Schrägdächern hinabschossen. Diese Methode war aber nicht gern gesehen, weil so viele Passanten – ganz zu schweigen von den Türenreitern – umgefahren und verletzt wurden und die Nachbargebäude unweigerlich Schaden nahmen.

Bei der Erinnerung an einen Kindheitsfreund, der mit wehendem Haarknoten von einem Haus gesegelt war, seufzte Tolpan nostalgisch. Er war jahrelang nicht mehr zu Hause gewesen, ob zum Türenreiten oder zu anderen Anlässen. Und diese Eisscholle war zwar etwas Ähnliches, kam aber doch erheblich langsamer vorwärts als eine gewachste Tür an einem Steilhang.

»Tolpan, halt dich an dem Ast fest, dann ziehen wir dich an Land«, rief Flint. Tolpan sah den Zwerg ein Stück flußabwärts am linken Ufer hocken. Er streckte ihm einen langen, dünnen Ast hin. Tanis stand hinter dem Zwerg, um jederzeit mitanpacken zu können.

»Mach schnell, bevor du an mir vorbeitreibst!« sagte Flint. »Außerdem kann ich diesen Ast nicht ewig halten!«

Tolpan kroch zum Rand der Scholle und streckte seine Hand so weit aus, wie er es wagte, aber ihn trennten immer noch mehrere Fuß von dem Halt. Angestrengt streckte er seine Finger nach der dünnen Astspitze aus. Die Strömung trieb seine Scholle näher. Wenn er nur die Spitze berühren könnte … Er drehte den Kopf zur Seite, um eine größere Reichweite zu haben, und lauerte aus den Augenwinkeln auf seine Chance.

Er spürte glatte Rinde an den Fingerspitzen! Aufgeregt legte Tolpan seine Hand um den Zweig und hielt sich fest. Flint und Tanis jubelten.

»Laß nicht los, Tolpan«, sagte Flint, der den Ast jetzt Hand um Hand zu sich her zog.

»Bestimmt nicht!«

Plötzlich gab der Boden unter dem sich abmühenden Zwerg nach und brach vom Ufer ab. Bei dem unerwarteten Ruck riß der Zwerg an dem Zweig. Das Holz, das nach einem Winter auf dem Waldboden alt und trocken war, brach in zwei ungleiche Stücke. Tolpan, der auf das plötzliche, zusätzliche Gewicht nicht vorbereitet war, ließ den Ast in den Fluß fallen, wo er zwischen den beiden Schollen unterging. Flint schaffte es, seinen Teil festzuhalten, aber leider war ihm nur ein nutzloser Stummel geblieben.

Gestikulierend rief Tanis vom Ufer aus: »Flint, der Wasserfall!«

Der Zwerg, der jetzt hilflos mit dem Kender flußabwärts trieb, sah nach vorn zu dem nahenden Wasserfall. Er konnte das Wasser unten schon tosen hören. »Völlig nutzlos!« schrie er, während er wütend seinen gebrochenen Ast hinwarf. Wasser war einfach *nie* zu etwas gut, dachte er verbittert.

Tanis legte beide Hände trichterförmig um den Mund und brüllte dem Zwerg und dem Kender, die auf dem Eis standen, über das donnernde Wasser hinweg zu: »Flint, Tolpan, legt euch auf den Bauch und haltet euch am Rand der Scholle fest!« Der Halbelf wußte, daß sie damit nur eine kleine Chance hatten, nicht an den Felsen zerschmettert zu werden, aber eine kleine war besser als gar keine.

»Was?« schrie Tolpan, der sein spitzes Ohr Tanis am verschneiten Ufer zuwandte.

»Ich habe gesagt – ach, guck einfach her!« Tanis warf sich auf den Bauch und breitete die Arme aus, um es vorzumachen.

Der Wasserfall war nur noch zehn Fuß entfernt.

Flint lag bereits auf dem Eis, als Tolpan plötzlich begriff. Rasch legte er sich mit ausgestreckten Armen und Beinen auf den Bauch, doch dann sah er etwas hinter Tanis' Kopf schweben. Er blinzelte verwirrt. Flammen? Riesige Flammenzungen! Wieso stand Tanis in Flammen?

Da sah Tolpan etwas, was selbst er nur mit Mühe glauben konnte: drei kleine, menschenähnliche Wesen in einfachen Tunikas, Hosen und Stiefeln, jedes mit Flammenflügeln am Rücken. Er zwinkerte zweimal und sah wieder hin. Sie waren immer noch da.

»He!« schrie der Kender aufgeregt, sprang auf und hüpfte auf der Eisscholle herum, während er auf sie zeigte. »Tanis, Flint, dreht euch mal um! Da ist – aua!«

Tolpan wurde buchstäblich das Wort abgeschnitten, denn er biß sich vor Überraschung schmerzhaft auf die Zunge. Kräftige, kleine Hände hoben ihn an den Achseln hoch und trugen ihn in dem Moment von der Scholle fort, als diese über den Rand des Wasserfalls trieb. Als der Kender an seinen baumelnden Füßen vorbeiblickte, sah er die Eisscholle unten auf den Felsen zerschellen und dann im brodelnden Wasser verschwinden. Er merkte, daß er immer höhergetragen wurde, bis er über den Baumwipfeln flog. Daß er gerade noch dem Tod entgangen war, hatte er vor lauter Begeisterung über den Flug schon fast wieder vergessen.

Schließlich sah Tolpan nach oben. Dort erblickte er ein verkniffenes, kleines Gesicht mit Mandelaugen unter kupferroten Locken. Die Ohren liefen schön spitz zu. Tolpans Augen wanderten in sprachloser Faszination zu den auf und ab schlagenden, knisternden Flammenflügeln über den schmalen, feinknochigen Schultern des Wesens.

»Was bist denn *du*?« fragte Tolpan, und seine Augen funkelten vor Neugier. »Sind das echte Flügel, oder ist das nur Feuer? Wenn du in Flammen stehen würdest, hättest du ja bestimmt keine Zeit, andere Leute von Eisschollen zu retten, stimmt's? Ich habe auch schon mal gebrannt«, fuhr er fort.

»Meine kleine Schwester hat mir nämlich den Schuh angezündet. Ich konnte zwar nicht fliegen, aber ich muß sagen, ich bin mächtig schnell gerannt, bis es mir jemand löschen konnte. Aber das ist doch irgendwie was anderes, oder?«

Tolpan wartete auf eine Antwort von dem rötlichen Kerl, aber der sagte nichts. Sein Gesicht verriet nur Konzentration, während er mit seiner Last auf ein unbekanntes Ziel zusteuerte.

»Kannst wohl keine Gemeinsprache, hm?« folgerte Tolpan. »Macht nichts. Nicht jede Rasse ist intelligent genug dafür. Dann weiß ich allerdings nicht, wie wir uns unterhalten sollen. Immerhin spreche ich etwas Troglodytisch – fast fließend«, erklärte der Kender stolz, »auch wenn ich bestimmt kein Wort lesen könnte.« Er runzelte die Stirn. »Ehrlich gesagt, glaube ich auch nicht, daß man Troglodytisch schreiben kann.«

Der Gesichtsausdruck des Wesens wurde noch verkniffener. »Ich beherrsche sechs Sprachen in Wort und Schrift, wie alle Phaetone«, sagte er schließlich gestelzt, »auch wenn das Pfeifen und Schmatzen, das der armseligen Rasse der Troglodyten als Sprache dient, nicht dazugehört.« Damit machte der Phaeton seinen Mund wieder fest zu.

»Wo wollen wir denn hin?« fragte Tolpan unschuldig. Er bemerkte, daß nicht weit entfernt ein weiteres Flügelwesen Tanis über die Baumspitzen trug und unter ihnen zwei den beleibten Zwerg schleppten, der gegen ihren Griff anzukämpfen schien – was Tolpan ziemlich dumm vorkam. Tolpans Phaeton ließ sich weder durch Anstacheln noch durch Beleidigungen dazu bewegen, weitere Informationen preiszugeben.

Mit fremder Kraft zu fliegen, war lange nicht so angenehm, wie selbst zu fliegen, dachte Tolpan, als er diesen Ausflug mit jenem verglich, wo er selbst der Vogel gewesen war. Als Kender konnte er nicht so scharf sehen wie als Sperling, auch wenn ihm seine eigenen Augen vertrauter waren. Eines war sicher – fast alles konnte besser sehen als eine Fliege.

Sie stiegen höher in die Berge auf, dorthin, wo der Schnee tief war und nur noch wenige Bäume standen. Ein eisiger Wind pfiff an Tolpans Ohren vorbei, der ihn an den Atem eines Frostriesen denken ließ. Er vermischte sich mit dem Geräusch angefachter Flammen, das sich so anhörte, als wenn ein Tuch in starkem Wind knatterte.

Tolpans Achseln schmerzten allmählich, weil sein Gewicht ihn in den Händen des Phaetons nach unten zog. Er bewegte sich etwas und wollte das Gewicht verlagern, doch das Flügelwesen griff nur noch fester zu und blickte finster auf den Kender hinunter.

Nach einer Weile, die dem ungeduldigen Kender wie eine Ewigkeit vorkam, näherten sie sich einer Bergwand. Tolpan erwartete, daß sie aufsteigen, langsamer werden und auf einer Lichtung landen würden, doch der Phaeton machte keine Anstalten, langsamer zu fliegen. Mit einer Geschwindigkeit, die selbst der furchtlose Kender gewagt fand, raste er auf den zerklüfteten Berg zu. Wo wollte er denn bloß landen? Hier gab es nichts als scharfe Felsspitzen, so weit Tolpan sehen konnte. Wollte der Phaeton ihn etwa gegen die Felsen schmettern? Tolpan verwarf diese Möglichkeit, denn dann hätte ihn das Wesen schon längst fallen lassen oder gleich auf dem Eis lassen können. Schließlich konnte Tolpan nicht länger an sich halten.

»Vorsicht, du Sohn eines Ziegenmelkers! Du rammst uns noch gegen den Felsen!«

In allerletzter Sekunde schwang sich der Phaeton nach oben und über den Gipfel des zerklüfteten Bergs. Auf der anderen Seite bot sich ihnen ein Panorama, wie Tolpan es noch nie gesehen hatte. Vor ihnen lagen Hunderte von Türmen aus orangebraunem Fels, deren Spitzen durch weiße und graue Wolken ragten. Tolpan sah hinunter und entdeckte tief unten ein saftiges, grünes Tal mit sorgfältig angelegten Feldern, die sich an den Fundamenten der Steintürme entlangzogen. Die Seiten der Türme waren bis auf einen Abstand von hundert Fuß unter der Spitze mit Kletterpflanzen bewachsen. Dort beulte sich jedes dieser natürlichen Minarette plötzlich zu einer hohlen Zwiebelform aus, in deren runder Oberfläche sich Öffnungen befanden – Fenster und Türen, nahm Tolpan an.

Tolpans Phaeton brauste an einer ganzen Reihe Türme vorbei, bis er einen erreichte, der höher war als die meisten anderen. Er stand auf einer Klippe. Mit verlangsamtem Flügelschlag näherte sich der Phaeton und flog mit seiner unbequemen Last vorsichtig durch einen Türbogen. Schließlich senkte der Phaeton Tolpan durch Anlegen seiner Flügel ab, bis die Füße des Kenders den Boden berührten. Dann landete der Phaeton.

»Hui! Was für ein Flug! Das ist unglaublich! Lebt ihr hier oben? Sind das wirklich Wolken oder nur Nebelschwaden? Wie weit ist es bis zum Boden?« Ohne eine Antwort abzuwarten, begann Tolpan sofort, seine Umgebung zu inspizieren.

Er stand in einem kleinen, halbkreisförmigen Vorraum. Die Wände waren vollständig mit einfachen Sprüchen und flachen Reliefs bedeckt, die Tolpan als flügellose Phaetone bei unterschiedlichen Arbeiten interpretierte: säen, das Land bestellen, Wasser schleppen, ernten und alles, was in einem Dorf an Aufgaben anfällt.

In der geraden Wand des Vorraums gab es zwei Türen, und beide standen offen. Eine führte in einen großen, offenen Raum mit einer Feuerstelle in der abgerundeten Außenwand. Dort brannte ein kleines Feuer, davor stand Steingutgeschirr sowie ein paar Holzstühle und Hocker. Links war eine Reihe kleiner Schränke, die dem Verlauf der Wand folgten. Die zweite Tür führte in einen kleineren Raum, wo zahlreiche dicke Federkissen symmetrisch auf dem Boden ausgebreitet waren.

Tolpan betrat den Raum mit dem Herd. Auch die Wände dieses Zimmers waren voller Reliefs, doch diese zeigten Szenen, in denen von Flammenflügeln getragene Phaetone scheußliche Geschöpfe bekämpften, wie Tolpan sie weder aus eigener Erfahrung noch vom Hörensagen kannte.

»Warte hier«, sagte der Phaeton. Er trat durch die Außentür ins Leere und verschwand aus Tolpans Blickfeld. Der Kender sprang an eins der kleinen Fenster und sah mit erneutem Erstaunen, wie aus dem gefiederten Rücken des Phaetons Flammen in Form von Flügeln barsten und wie er erschreckend rasch abtauchte. Tolpan sah ihm nach, bis der Geflügelte in den Wolken zwischen den Türmen verschwand.

Warte hier. ›Wo soll ich schon hin?‹, dachte der Kender ironisch. Draußen gab es nur Luft und Wolken. Die einzige Art, den Erdboden zu erreichen, war Springen, und das würde viel Dreck machen. Also stützte er seine Ellbogen aufs Fensterbrett und starrte auf das grüne Tal – oder das, was er durch die dahintreibenden Wolken davon sehen konnte – Hunderte, vielleicht Tausende von Fuß tiefer.

Hinter sich hörte Tolpan plötzlich Flammen in der Luft knistern und danach leise Schritte. Als er herumfuhr, sah er, daß vier fremde Phaetone eingetroffen waren. Einer war eine Frau in lockersitzenden Hosen und einer Tunika. Sie trug eine bunte Schärpe um den Bauch und war anscheinend die Mutter des kleinen Mädchens mit den langen, roten Locken, das hinter ihr stand und an ihrem Bein vorbei scheue Blicke auf Tolpan warf. Der dritte Phaeton, offenbar der Vater, war ein erwachsener Mann, der schützend vor den anderen stand. Er war so angezogen wie derjenige, der Tolpan hergebracht hatte, sah aber älter aus. Seine Haut war röter und wettergegerbter. Mit beiden Händen hielt er einen knorrigen Stab, und in seinem Gürtel steckte ein großes Messer.

Der vierte Phaeton, falls er wirklich einer war, sah so aus, als wäre er bei weitem der Älteste von ihnen. Er achtete kaum auf die anderen oder auf Tolpan, sondern setzte sich heiter an den leise brennenden Herd. Wie die anderen Phaetone, die Tolpan gesehen hatte, hatte er kurze, wellige Haare, aber bei ihm waren sie schlohweiß anstatt rot. Sein tiefgefurchtes Gesicht war kupferrot, und seine Augen waren tiefschwarz – man konnte nicht einmal die Pupillen erkennen.

»Was bist du?« fragte der Vater ohne Umschweife.

»Ich bin ein Kender, was sonst?« Tolpan trat freimütig vor und streckte die Hand aus. »Tolpan Barfuß, stets zu Diensten. Ich hätte da ein paar Fragen. Zum Beispiel habe ich noch nie im Leben von Phaetonen gehört.« Er musterte sie alle eindringlich. »Ihr seht so aus wie zu klein geratene Halbelfen. Denkt ihr das auch oder seht ihr Halbelfen eher als zu groß geratene Phaetone?« Da fiel Tolpan plötzlich etwas ein.

»Apropos Halbelfen, wo sind eigentlich meine Freunde? Kommen die nicht?« Er rannte wieder zum Fenster und sah nach draußen. »Himmel, der Flug über die Berge hat mich so in Bann gezogen, daß ich sie ganz vergessen habe. Ein paar von euch haben auch sie gerade rechtzeitig aus dem Fluß geholt – vielen Dank übrigens.« Er kicherte. »Flint mußten sie zu zweit tragen.«

»Deine Freunde sind in Sicherheit«, sagte der Mann, der in mittlerem Alter war. »Wir haben gleichfalls ein paar Fragen.« Damit ging die Mutter zum Herd und holte einen kleinen Topf, der über dem Feuer geköchelt hatte. Sie füllte einen irdenen Becher mit dampfender Flüssigkeit aus dem Topf und gab ihn ihrem Mann, der ihn seinerseits Tolpan anbot.

»Trink das.«

Tolpan schnupperte an dem Gebräu, verzog die Nase und senkte den Kopf. »Ich habe wirklich etwas Durst, danke, aber ich hätte lieber etwas Kaltes, wenn das geht.«

Der Vater drückte Tolpan den Becher an die Lippen. »Trink.« Der weißhaarige Phaeton starrte Tolpan mit seinen schwarzen Augen an.

»Wenn ihr drauf besteht«, erwiderte Tolpan hastig. »Etwas Warmes ist vielleicht ganz gut. Was ist das? Gift?« Wie gewöhnlich war der Kender eher fasziniert als erschrocken bei dem Gedanken, wie es sich anfühlen würde, wenn sich warmes Gift langsam in seinen Adern ausbreiten würde. Bekäme seine Zunge dann eine lila Färbung? Träten seine Augen hervor? Würde er gleich tot umfallen, oder würde es etwas dauern, so daß er noch um einen letzten –

»Das ist Tee«, unterbrach der Phaeton seine sich überschlagenden Gedanken. »Der wird dir helfen, unsere Fragen wahrheitsgemäß zu beantworten.«

»Meine Güte«, sagte Tolpan, der aber doch etwas erleichtert war. »So etwas braucht ihr nicht, damit ich die Wahrheit sage. Ich erzähle euch gerne alles, was ihr wissen wollt.«

Der Phaeton runzelte die Stirn. »Trotzdem würden wir es vorziehen, wenn du den Tee trinkst. Er wird dir nichts tun« – er faßte seinen Stab fester – »ebensowenig wie wir, wenn du nichts zu verbergen hast.«

»Verbergen? Ich doch nicht«, sagte Tolpan. »Allerdings, einmal – ich trink' ja schon«, sagte er eilig. Tolpan hob den warmen Becher hoch und nahm einen langen Zug von der dampfenden, blaßgrünen Flüssigkeit. Dann gingen seine Augenbrauen erstaunt hoch. Der Wahrheitstee war nicht annähernd so heiß, wie man vom Dampf her annehmen konnte, und er schmeckte ungefähr so, wie Gras wohl schmecken würde, wenn man es stundenlang vor sich hinköcheln lassen würde – stark, bitter, aber trotzdem erfrischend.

»Wer bist du, und woher kommst du?«

Aus reiner Neugier beschloß Tolpan, den Tee auf die Probe zu stellen, indem er eine Lüge erzählte. »Mein wahrer Name ist Lippenschmatzer Triefeimer – der andere ist nur ein Deckname.« Die Phaetone starrten ihn ungerührt an. »Ich bin der Kronprinz von Solamnia.« Immer noch keine Reaktion, weder von den Phaetonen, noch vom Tee.

Er schüttelte den Kopf. »Ich muß sagen, ich glaube nicht, daß dieser sogenannte ›Wahrheitstee‹ besonders gut wirkt«, gestand Tolpan. »Ich habe gerade ein paar faustdicke Lügen erzählt, und es ist nichts passiert – ich habe mich nicht verschluckt, und meine Nase ist auch nicht lang geworden wie in diesem Märchen.« Um Verwirrung zu vermeiden, entschied er sich für die Wahrheit.

»Ich bin nicht Lippenschmatzer Triefeimer«, bekannte er. »In Wirklichkeit bin ich Tolpan Barfuß. Und ich bin auch nicht mit der königlichen Familie von Solamnia verwandt, falls es eine gibt.« Nachdem er die Wahrheit gesagt hatte, fühlte sich der Kender irgendwie besser, auch wenn er nicht so recht wußte, weshalb.

Mit immer noch unbewegtem Gesicht zeigte der Phaetonenmann auf einen der Stühle am Feuer und wies Tolpan an, sich hinzusetzen, was der dankbar tat. Dem Kender kam es so vor, als wenn diese Phaetone die Angewohnheit hatten, ein bißchen zu viel zu starren, und das gab ihm das Gefühl, in Gefahr zu sein. Normalerweise gefiel ihm das, doch diesmal fühlte er sich dabei unbehaglich.

Der Phaetonenmann zog einen Stuhl vor Tolpan und sah dem Kender tief in die Augen. »Ich möchte wissen, warum du hier bist.«

»Tja, das wüßte ich selber gern«, erwiderte Tolpan. »Ihr habt mich schließlich hergebracht – wie wär's, wenn ihr mich mal aufklärt?« Erwartungsvoll schaute er von einem Gesicht zum anderen, aber keiner schien ihm irgendwelche Erklärungen geben zu wollen. Das kleine Phaetonenmädchen kicherte, doch die Mutter brachte es mit einem strengen Blick zum Schweigen.

»Ich werde diese Frage noch mal stellen«, sagte der Mann. »Warum bist du in die Berge gekommen?«

Tolpan lächelte begreifend. »Ach, ihr meint nicht ›hier‹ hier, sondern ›hier‹ überhaupt. Das ist ein bißchen kompliziert, und ich sollte wirklich bald wieder bei meinen Freunden sein, darum werde ich es so kurz wie möglich machen.

Meine Freunde und ich – nämlich Tanis und Flint und Selana, bloß ist Selana nicht bei uns, weil sie hier irgendwo herumläuft und einen kahlköpfigen Zauberer mit einem Armband sucht –, aber zurück zu dem Armband, das Flint gemacht hat. Wir brauchen es für Selanas Bruder, bloß hat es der Zauberer genommen, wie ich schon sagte, und er will Rostrevors Seele Hiddukel vorwerfen – kann mir nicht vorstellen, wie das schmecken soll. Jedenfalls hat der Zauberer das Armband diesem Zombie abgenommen, bloß da war er noch kein Zombie, sondern nur ein Mann namens Delbridge, der nicht sehr ehrlich war – ›Dieb‹ wäre wohl das richtige Wort für ihn –, und der hat es von Gäsil, der ein ganz anständiger Kerl war, bloß würde ich ungern aus Versehen im Haus seiner Frau landen. Die scheint eine richtige Schreckschraube zu sein. Und der hatte es von mir, weil ich es zufällig hatte, nachdem wir das Gasthaus ›Zur Letzten Bleibe‹ verlassen hatten. Flint muß es wiederhaben, damit er es Selana geben kann, damit die es Semunel geben kann, weil der es braucht, weil er nicht die Zukunft vorhersehen kann.« Tolpan holte Luft. »So, ich glaube, das war's so ungefähr.« Er schmatzte mit den Lippen und sah sich um. »Habt ihr noch mehr von dem Tee?«

»Nein!« sagte der Phaetonenmann schnell. Die beiden erwachsenen Phaetone beugten sich dicht zu dem weißhaarigen hin und berieten sich mit gedämpften Stimmen. Tolpan hörte sehr wenig, und was er aufschnappte, war in einer Sprache, die er nicht verstand.

»Du bist komisch«, sagte das kleine Mädchen zu Tolpan, zupfte an seiner Tunika und lächelte scheu.

»Oh, danke«, sagte Tolpan leicht verwirrt. Er erinnerte sich gar nicht daran, Witze erzählt zu haben. Aber wer wußte schon, was Phaetone zum Lachen brachte?

Er nickte zu den drei Erwachsenen hinüber. »Was reden sie da?«

Das kleine Mädchen zuckte mit den Schultern. »Sie überlegen, ob du am Leben bleiben darfst oder nicht.« Sie kam etwas näher und flüsterte: »Eindringlinge dürfen das normalerweise nicht, aber ich glaube, deine Chancen stehen besser als üblich.«

Tolpan schluckte langsam angesichts des hitzigen Disputs. Der weißhaarige Phaeton wirkte beunruhigt und schüttelte nach jeder Bemerkung der beiden anderen den Kopf. Sie schienen ihn von etwas überzeugen zu wollen. Schließlich schlug der jüngere Mann mit entschlossener Miene die Faust in die Handfläche. Der Alte schüttelte ein letztes Mal den Kopf und schaute aus dem Fenster, als ob er sich von aller Schuld freisprechen wollte. Der Jüngere drehte sich um und ging mit ebenso ungerührtem Gesicht wie zuvor zu Tolpan.

Er legte eine Hand auf seine Brust. »Ich bin Nanda Lokir, Oberhaupt unserer Siedlung. Das hier« – er zeigte auf den Weißhaarigen, – »ist Hoto Lokir-Ulth, in eurer Sprache mein

Urgroßvater. Meine Frau und Beraterin, Cele Lokir, und unsere Tochter, Zeo.«

Tolpan nahm die Vorstellung als gutes Zeichen.

»Du bist ein sehr glücklicher Kender. Eigentlich richten wir jeden hin, der beim Verhör lügt.

Wir sind eine friedliebende Rasse, aber wir schätzen Ehrlichkeit und Zurückgezogenheit über alles. Die Wahrheit scheint dir wenig wert zu sein, und in Hotos Augen spricht das stark gegen dich, aber wir alle glauben, daß du und deine Freunde uns einen wichtigen Dienst erweisen können. Ich habe sie holen lassen, damit sie sich uns anschließen.«

Nanda ging zur Kochstelle. »Hast du vielleicht Hunger?«

Tolpan nickte eifrig. Er konnte sich nicht mehr erinnern, wann er zum letzten Mal gegessen hatte. Bevor sie nach Tantallon gekommen waren? Als er mit Selana über den Markt gerannt war? Nandas Frau, Cele, öffnete einen kleinen Vorratsschrank links von dem Herd. Sie zog ein hölzernes Brettchen mit einem goldbraunen, knusprigen runden Brotlaib hervor. Dann reichte sie Nanda eine große Schüssel mit einer Art Suppe. Er stellte sie zum Erhitzen in die Kohlen. Aus einem anderen Schrank nahm sie ein Stück frischer, sahnig weißer Butter. Nachdem sie das Brot aufgeschnitten hatte, in das ganze, leckere Körner eingebacken waren, bestrich sie es mit Butter und gab dem Kender eine Scheibe. Der riß die Augen auf.

»Das ist köstlich!« murmelte er, während er sich einen großen Bissen in den Mund stopfte. »Aber wenn man so weit oben wohnt, wo bekommt man dann die frische Butter oder auch nur die Kuh für die Milch her?«

»Wir schlafen und kochen in unseren hohen Häusern«, erklärte Cele, »aber wir arbeiten unten im Tal. Wir wollen uns nicht mit anderen Kulturen vermischen, darum versorgen wir uns selbst und stellen keine Waren zum Handeln her. Wir bauen Getreide, Obst und Gemüse an, züchten Schafe und Ziegen und halten Hühner und Kaninchen, auch wenn Zeo dauernd Kuscheltiere aus ihnen machen will.« Cele lächelte ihre kleine Tochter liebevoll an und streichelte ihr die langen Locken.

Nanda nahm die Schüssel mit der jetzt heißen Suppe vom Herd und füllte einen Teller mit reichlich orangeroten Möhren, grünen Zuckererbsen, ganzen Perlzwiebeln und kleinen Stückchen zartem Fleisch in leckerer, brauner Soße.

Tolpan fühlte sich wie im Himmel. Er hielt sich für einen echten Feinschmecker und war auch selbst ein ganz passabler Koch. Nach jedem Löffel schloß der Kender die Augen und genoß den köstlichen Geschmack, für den die genau richtige Menge frischer Kräuter sorgte.

»Hätte ich mir gleich denken können, daß er am Essen ist«, knurrte eine tiefe, vertraute Stimme. Tolpan schlug die Augen auf und sah Flint und Tanis mit drei weiteren Phaetonen in der Tür stehen. Der offensichtlich erleichterte Ausdruck in seinen Augen strafte die harten Worte des Zwergs Lügen. Nach dem neuerlichen Flug zupfte er seine Kleider zurecht.

»Ich freue mich, daß bei dir alles in Ordnung ist, Tolpan«, sagte Tanis, der zögernd von Tolpan zu den neben ihm stehenden Phaetonen schaute. Nanda nickte den Fliegern zu, und sie breiteten die Flügel wieder aus und flogen davon.

»Ihr könnt euch frei bewegen. Kommt, gesellt euch zu eurem Freund am Tisch«, sagte Nanda, der Tanis und Flint aus dem kleinen Vorraum in das Zimmer mit dem Herd winkte. Lächelnd legte Tanis dem Kender die Hand auf die Schulter, während Flint seinem Oberarm stirnrunzelnd einen leichten Puff versetzte.

»Ich bin Nanda Lokir«, sagte der Anführer der Phaetonen,

der Tanis die rechte Hand entgegenstreckte. Der Halbelf reichte ihm die seine, doch der Herrscher schob die eigene Hand daran vorbei und ergriff den Oberarm des Halbelfen. Tanis begriff schnell und umfaßte seinerseits den Arm des Phaetons.

»Tanis, der Halbelf«, sagte er und nickte dann zu dem Zwerg hin. »Flint Feuerschmied.« Flint streckte die Hand aus, und Nanda stellte seine Familie vor. Der Alte hielt sich zurück, ignorierte ihre ausgestreckten Hände und nahm sie alle kaum zur Kenntnis. Tolpan bemerkte, wie Tanis und Flint sich verwirrt ansahen.

»Normalerweise töten sie Eindringlinge«, erklärte der Kender leise hinter vorgehaltener Hand, »aber bei uns machen sie eine Ausnahme. Nanda will, daß wir ihm irgendwie helfen, und ich habe den Eindruck, daß der Alte mit der ganzen Situation nicht glücklich ist.«

Der Halbelf wandte sich an Nanda. »Wir sind euch äußerst dankbar, daß ihr uns aus dem Fluß gerettet habt«, fing er an, »aber könntet ihr uns bitte sagen, warum wir festgehalten werden?«

»Und zwar ohne unsere Waffen?« fügte Flint hinzu. Tolpan merkte jetzt erst, daß sein Hupak und sein Dolch wie weggezaubert waren. Auch Tanis' Bogen und Flints Axt fehlten.

Mit verschränkten Armen nickte Nanda. »Das werdet ihr alles zur rechten Zeit erfahren. Jetzt eßt erst mal. Ihr seid schwach vor Hunger.«

Obwohl sie verunsichert waren, konnten der ausgehungerte Halbelf und der Zwerg das nicht abstreiten. Sie griffen nach den Tellern, die Cele ihnen anbot, und aßen, während die Phaetone zusahen. Das leckere Essen spülten sie mit einem dunklen, vollmundigen Bier herunter, das so süß wie Milch schmeckte.

»Allerbestes Bier, nur noch von Zwergenschnaps zu übertreffen«, sagte Flint, als er seinen leeren Teller mit einem Rülpser zurückschob, der seinen Schnurrbart aufplusterte und die Krümel wegblies. Nachdem sie Cele gedankt hatten, sahen die drei aus Solace erwartungsvoll Nanda an.

»Wir leben sehr zurückgezogen«, begann das Oberhaupt der Familie und der Siedlung. »Bei den Phaetonen gilt das Gesetz, aus einer Gruppe Eindringlinge einen zu entführen und ihm einen Wahrheitstrunk zu verabreichen, um von ihm die Herkunft, das Ziel und das Vorhaben einer Gruppe zu erfahren. Wenn uns die Antworten mißfallen oder wenn wir Unwahrheiten darin entdecken, werden die Eindringlinge normalerweise getötet.

Mit dem Wahrheitstee enthüllte uns der Kender eine so schwindelerregend verwickelte Geschichte, daß wir wußten, daß sie nicht erfunden sein konnte. Außerdem hat er unser Tal überhaupt nicht erwähnt, sondern statt dessen gesagt, ihr wärt auf der Suche nach einer jungen Frau und einem Zauberer.« Um seine Worte wirken zu lassen, machte Nanda eine Pause. »Wir wissen, wo die beiden sind, und glauben, daß die junge Frau in großer Gefahr schwebt.«

»Ihr habt sie gesehen?« fragte Tanis, der sich besorgt vorbeugte.

»Hoto hat sie gesehen«, sagte Nanda mit einem Blick auf seinen Urgroßvater mit der Kupferhaut, der sich von der Gruppe fernhielt.

»Zuerst muß ich euch etwas erklären. Urgroßvater Hoto ist *Verda*, ein Ältester. Aus Gründen, die wir nicht verstehen, sterben manche Phaetone nicht an Altersschwäche. Statt dessen überkommt sie mit ungefähr neunzig Jahren – unserer normalen Lebenserwartung – der Wunsch, zur Sonne zu fliegen. Sie steigen immer höher und höher, bis entweder Erschöpfung oder Sauerstoffmangel oder beides sie das Bewußtsein verlieren läßt. Wenn sie wieder nach Krynn zurückfallen, findet eine wundersame Verwandlung statt. Sobald sie – immer noch viele tausend Fuß über der Erde – ihre Sinne wiedererlangen, entdecken sie, daß sie zu *Verda* geworden sind. Sie sind gewachsen, ihr Haar ist schneeweiß, die Spannweite ihrer Flammenflügel, ihre Beweglichkeit und ihre Ausdauer sind größer, während sie gleichzeitig weniger Nahrung, Wasser und Schlaf brauchen. Dann werden sie oft dreihundert Jahre alt.

Da sie von Natur aus Einzelgänger sind und abseits der Siedlung leben, dienen uns die *Verda* als Wachposten. Das erzähle ich euch, weil Urgroßvater Hoto den kahlköpfigen Zauberer schon seit Jahren einmal im Monat in die Berge fliegen sieht. Sein Ziel liegt genau vor der Grenze unseres Tals. Hoto ist schon lange davon überzeugt, daß er böse Absichten verfolgt.

Da er wußte, daß die Zeit für das Kommen des Zauberers nahte, hat Hoto gestern auf ihn gewartet. Bei Anbruch der Dunkelheit überraschte ihn der Anblick eines sehr großen, ungewöhnlichen Fisches, der denselben Fluß hochschwamm, aus dem ihr gerettet wurdet. Unter Hotos Augen verletzte sich der Fisch anscheinend ernsthaft, denn er zog plötzlich lange Blutspuren hinter sich her. Und was noch erstaunlicher war, der Fisch wurde vor seinen Augen zu einer geisterhaft blassen, hellhaarigen, jungen Frau, die aus dem Fluß an Land stieg!«

»Das war Selana!« rief Tolpan.

»Diese Selana hatte eine ernsthafte Wunde an der Seite«, fuhr Nanda fort, »und sie trug eigentlich nur noch Fetzen am Körper, die in der kalten Luft rasch gefroren. Hoto brach schnell auf, um sie zu retten, aber sie war sehr weit entfernt. Bevor er bei ihr war, geschah etwas noch Merkwürdigeres. Aus dem Nichts erschien ein Wesen. Hoto behauptet, es hätte wie ein Minotaurus ausgesehen, aber es war kein richtiges Lebewesen. Es war eine monströse Schöpfung aus belebtem, weißem Stein. Dieses Ding hob die Frau auf und trug sie in den Berg, und zwar dorthin, wo der Zauberer jeden Monat hingeht.«

»Das ist perfekt«, erklärte Tolpan. »Wir haben Balkom, das Armband und Selana alle zusammen am selben Ort. Sogar Rostrevor, der Knappe, ist ganz sicher da. Da können wir alle auf einmal retten.«

Zum ersten Mal sprach Hoto zu der Gruppe. Er bewegte sich nicht, sondern saß weiter auf seinem Hocker und starrte ins Feuer. »Alle, die ihr retten wollt, müssen heute noch gerettet werden.«

Tanis drehte sich mit gerunzelter Stirn zu Nanda um. Die Gesellschaftsstruktur der Phaetonen war ihm völlig fremd, aber sie hatten offenbar eine strenge Hierarchie. Er wollte bestimmt als letztes die Leute beleidigen, die seine besten Verbündeten sein konnten. Nanda verstand Tanis' schweigende Bitte und redete ihn an. »Sprich, Tanis Halbelf, aber halte dich bei allem, was du sagst, an die Wahrheit.«

»In Anbetracht von Hotos Feststellung«, fing Tanis an, »schlage ich vor, daß wir Balkoms Versteck heute nacht angreifen. Wir haben diesen Mann bisher wenig erfolgreich bekämpft, aber wenn wir ihn überraschen, können wir ihn vielleicht schlagen.«

»Heute nacht ist zu spät. Heute abend ist vielleicht schon zu spät. Es geht nur jetzt.« Die Stimme des alten Phaetons enthielt keine Schärfe, keinen Sarkasmus, keine Kritik. Mit Ausnahme der Stimme der Sonne hatte Tanis noch nie erlebt, daß jemand eine Tatsache mit so schlichter Überzeugung aussprach.

Tanis wollte den alten Phaetonen nicht beleidigen, indem er diese Information anzweifelte, doch er erinnerte sich noch lebhaft an den Kampf mit Balkom in Burg Tantallon. Der Gedanke, sich einfach so ohne Planung oder Vorbereitung in den nächsten Kampf zu stürzen, erschreckte ihn.

Wieder spürte Nanda Tanis' Unbehagen. »Du darfst Hoto befragen, wenn du willst. Denk jedoch daran, daß Fremden diese Freiheit fast nie erlaubt wird. Denk auch daran, daß er die absolute Wahrheit sagt. Wenn Hoto sagt, es ist so, dann ist das so. Du kannst ihn bitten, sich klarer auszudrücken.«

Diese Beschränkungen schienen Fragen überflüssig zu machen, dachte Tanis, aber er konnte wenigstens ein paar weitere Informationen bekommen. »Warum ist Eile geboten?« fragte er.

»Gestern nacht hat Nuitari seinen Höchststand erreicht. Dieser Mann führt seine Rituale immer dann durch, wenn Nuitari am höchsten steht. Heute nacht stehen Nuitari und Lunitari zusammen, wodurch die Zeit für mächtige Magie geeignet ist. Diese Kombination kehrt erst in dreiunddreißig Tagen wieder. Ich beobachte diesen Mann seit Jahren und kenne seine Gewohnheiten. Er wird sein Ritual heute nacht durchführen. Nach dem Ritual ist keiner mehr da, den man retten könnte.«

Tolpan konnte nicht länger an sich halten. »Er hat völlig recht. Ich weiß nicht, warum alle noch zögern. Ich habe Balkom gehört, wie er Rostrevors Seele angepriesen hat, und der ist nur ein Rittersohn. Denk doch mal nach, was er jetzt vorhaben muß, wo er eine echte Prinzessin gefangen hat! Ich bin dafür, daß wir sofort aufbrechen.«

Tanis schüttelte den Kopf. »Wir stimmen gar nicht ab, Tolpan. Ich glaube, unsere Gastgeber werden die Entscheidung für uns treffen.«

Nanda sah ihnen der Reihe nach in die Augen. »Die Frau, Selana, ist für uns unwichtig. Wir würden sie beschützen, wenn wir könnten, wie Hoto es versucht hat, aber sie geht uns eigentlich nichts an.

Der Zauberer, Balkom, jedoch kann ein Problem werden. Wir wissen, daß er in den Bergen seine bösen Machenschaften vor den Menschen in Tantallon verbirgt. Das allein geht uns eigentlich auch nichts an, denn, was er auch tut, seine Handlungen haben unserem Land bisher keinen Schaden zugefügt. Wir wissen aus Erfahrung, daß sich das unter Umständen ändern kann. Selbst wenn er diese Gegend verläßt und nie wieder kommt, zieht sein leeres Versteck Monster an, die versuchen werden, uns aufzulauern. Am besten beseitigen wir ihn, bevor er uns Schwierigkeit bereitet.

Wenn euch das hart vorkommt, dann müßt ihr einfach einsehen, daß wir so sind. Auf diese Weise haben wir uns seit Tausenden von Jahren vor der Außenwelt geschützt, und wir werden damit fortfahren, solange es sein muß. Im Augenblick haben wir die gleichen Interessen, und wir können zusammenarbeiten. Eure Waffen sind heraufgebracht worden. Macht euch fertig, dann können wir sofort aufbrechen.«

Tanis, Tolpan und Flint drehten sich um und sahen Phaetone, die während Nandas Rede eingetreten waren und ihre Waffen hielten. Flint nahm seine Doppelaxt mit dem langen Griff und sein Messer und steckte sich beide in den Gürtel. Tanis warf den Köcher mit Pfeilen über die eine Schulter, schlang den langen Riemen, an dem die Scheide für sein Kurzschwert hing, über die andere und hob seinen Bogen auf, wobei er den geölten Ledergriff und die weiche Krümmung des Holzes rieb. Tolpan schnappte sich seinen Hupak und den Dolch und stopfte sich mehrere Scheiben von Celes köstlichem Brot in die Taschen. Einen Augenblick später waren sie alle bereit.

Nanda wies Tanis, Tolpan und Flint an, zur Tür zu gehen. Hinter jeden von ihnen stellte sich ein Phaeton, der seine Arme um den Passagier schlang. Bevor dann einer Zeit zu Protest oder Angst hatte, kippten alle drei Phaetone nach vorn und stießen sich mit ihrer lebenden Last von der Plattform ab. Die Luft pfiff Tolpan um die Ohren, und seine Locken flatterten ihm ins Gesicht, als er auf die Erde zufiel, doch dann hörte er das typische Geräusch, als die Flügel seines Phaetons Feuer fingen, und fühlte, wie sein Gewicht in den Armen des Fliegers lastete, als sie aufstiegen. So sehr Tolpan Selana retten wollte, er hoffte doch, daß Balkoms Versteck weit entfernt war.

Kapitel 8

Blu

Selana erwachte im Geruch von brennendem Mist. Die Flammen zuckten dicht vor ihrem Gesicht. Dennoch zitterte sie in der feuchten Kälte. Sie schlug die vor Erschöpfung matten, blaugrünen Augen zögernd auf.

Die Meerelfin saß allein auf dem schmutzigen Boden einer großen, rechteckigen Höhle, die nur von dem herabgebrannten Feuer aus Mist und Brennholz in der Mitte erhellt wurde. Für eine so große Höhle war die Decke niedrig, nur ungefähr zwölf Fuß hoch. In dem schwachen Licht konnte sie gerade eben die Umrisse enger Öffnungen weit rechts und weit links am Rande ihres Blickfelds erkennen.

›Wo bin ich?‹ fragte sie sich. ›Das letzte, woran ich mich erinnern kann, ist Schwimmen ... in eiskaltem Wasser ... ich habe mich geschnitten ... und habe wieder Elfengestalt angenommen.‹

Selana wimmerte, als sie sich an die Riesenwunde in ihrem linken Arm erinnerte – sie war vor Schmerz und Kälte und Nässe ohnmächtig geworden. Überrascht stellte sie fest, daß die Wunde nicht mehr weh tat. War sie so lange bewußtlos gewesen, daß sie verheilt war? Sie versuchte, die Wunde zu berühren und festzustellen, wie groß sie war, merkte aber, daß sie ihre Hände nicht bewegen konnte.

Erst da wurde sich Selana bewußt, daß kaltes, schweres Metall um ihre Handgelenke lag. Sie sah, daß ihre Arme in Handschellen an zwei Fuß langen Ketten steckten, die an den rauhen, pinkfarbenen Granitwänden befestigt waren. Vage erinnerte sie sich an eine Halluzination mit einem Steinminotaurus, bei dem rote Adern seinen menschenartigen Körper und den viehischen Stierkopf gezeichnet hatten. War das Wesen Wirklichkeit gewesen? *Etwas* hatte sie hergebracht. Wo war es jetzt?

Selana verrenkte sich erfolglos, war jedoch erleichtert, daß sie sich mit den Ketten wenigstens hinstellen konnte. Bei den Göttern, sie wünschte, sie würde begreifen, in welcher Lage sie sich befand, aber sie konnte sich an nichts mehr erinnern, was passiert war, nachdem sie sich zwischen die Felsen am Strom gekauert hatte. Ihr verletzter Arm war irgendwie geheilt, aber jeder Muskel im Körper tat ihr weh.

Plötzlich hörte die Meerelfin, wie an der engen Öffnung links etwas Schweres kratzte und zerrte. Dazu ertönte ein leises, kehliges Gestammel. Ihr Herz raste vor Angst. Mit gebundenen Händen fühlte sie sich furchtbar verletzlich und suchte verzweifelt einen Weg, wie sie sich verteidigen konnte. Sie konnte nur mit den Füßen treten, und auch das nicht sehr weit. Die ersten Silben eines Schutzzaubers gingen ihr durch den Kopf, aber sie war zu ausgepumpt, um sich an den ganzen Spruch erinnern zu können.

Das kratzende, schlurfende Geräusch hörte auf, und aus der Öffnung kam ein riesiger Kopf, der sich umschaute und in das Dämmerlicht blinzelte. Schwarze Augen blieben an Selana hängen. Das Wesen kroch weiter.

Die Meerelfin konnte sehen, daß es ein enormes, menschenähnliches Geschöpf war – ein Riese. Er konnte sich kaum durch die Öffnung quetschen. Auch in der Höhle konnte er sich nicht ganz aufrichten, sondern mußte sich ducken. Selana schätzte, daß er aufgerichtet mindestens sechzehn Fuß groß sein mußte und bestimmt mehrere tausend Pfund wog. Mit unsicherem, schwankendem Gang wackelte er langsam auf die Meerelfin zu, wobei seine langen Arme über den Boden schleiften. Unwillkürlich kauerte sich die Elfin zusammen, doch der Riese blieb fünf Fuß vor ihr stehen, weil die Höhle dort noch niedriger wurde und der Riese nicht näher kommen konnte.

Jetzt konnte sie auch erkennen, daß es ein männlicher Riese war. In der Hocke betrachtete er die blaßhäutige Meerelfin, wobei über sein hellbraunes Gesicht mit den pechschwarzen Augen ein enormes, zahnlückiges Lächeln glitt. Die Muskeln an seinen hängenden Schultern und am Hals waren stärker als Selana selbst. Die Elfin wurde sich des Gestanks nach verfaultem Essen und Dreck bewußt, doch ob das von seinem ungewaschenen Körper, den schwarzen Zähnen oder den verfilzten Häuten ausging, die er anhatte, konnte sie nicht feststellen. Sie atmete durch den Mund, damit ihr nicht übel wurde.

Die Meerelfenprinzessin wußte wenig über Riesen, nur daß es viele verschiedene Arten gab, so wie es viele Elfenrassen gab.

»Essen«, polterte er plötzlich und streckte ihr einen angeschlagenen Teller hin, der in seiner gewaltigen, narbenreichen Hand wie ein Spielzeug aussah. Seine Nägel waren gerissen und schmutzig; stellenweise bluteten sie.

Selana sah die undefinierbaren, gebratenen Fleischstücke an, aus denen halbe Knochen hervorstaken, ohne zu wissen, was sie tun sollte. Sie hatte keine Hand frei, um selbst zu essen, falls sie dieses Zeug überhaupt essen würde. Obwohl sie am Verhungern war, hatte die Prinzessin der Dargonesti nicht vor, ihr Gesicht wie ein Tier auf den Teller zu drücken.

Der Riese bemerkte ihr Zögern. »Nicht essen, Blu kriegen Ärger«, grunzte er, während er nach Worten suchte. »Balkom nicht lassen Blu gehen.«

Balkom! Die Meerelfin war gleichzeitig erschrocken und aufgeregt bei dem Gedanken, daß sie unwissentlich über den Schlupfwinkel des Magiers in den Bergen gestolpert war.

»Ist das dein Name? Blu?« fragte sie den Riesen.

Er nickte und zeigte dabei seine faulen Zähne.

»Und du arbeitest für Balkom?« fragte sie weiter.

Der Riese schien in seinem immensen Schädel nach der Antwort zu suchen. »Balkom sagen, wenn Blu finden viele glänzende Steine in Loch« – er zeigte auf die Öffnung, aus der er gekommen war – »Balkom machen Blu ganz kleinwinzig, und Blu gehen aus Höhle und zurück zu Hügelriesenhaus.« Als wenn er es zeigen wollte, zog er einen großen, scharfkantigen Stein aus den Tiefen seiner verdreckten Häute. Mitten in dem Brocken aus gewöhnlichem Gestein war ein matter, rötlicher Streifen aus glasartigem Stein – ein roher Rubin.

»Wie lange schürfst du schon für Balkom nach Edelsteinen?«

Der Riese zuckte mit seinen hängenden Schultern. »Balkom bringen Klein-Blu hierher für Arbeiten vor viel langer Zeit. Blu finden Steine, Minotore bringen Essen. Blu arbeiten viel, aber er schlecht und werden viel groß.« Das Gesicht des Riesen nahm einen trübsinnigen Ausdruck an, und er schlug sich ärgerlich an den Kopf. »Jetzt sitzen fest.« Sehnsüchtig sah Blu sie an. »Blu vermissen Zuhause und Hügelriesenfreunde.«

»Wo ist Balkom jetzt?« fragte sie übergangslos.

Blu zuckte wieder mit den Schultern und sah zu der rechten Öffnung. »Er kommen von da. Manchmal Blu hören Sachen«, sagte er und zeigte auf die gegenüberliegende Höhlenwand zwischen den Öffnungen rechts und links.

Natürlich, sagte sie sich. Der Riese ist zu groß, um diese Höhle zu verlassen, und weiß nicht, was jenseits davon liegt, bis auf vage Erinnerungen an sein Zuhause. Die nächsten Worte wählte sie sorgfältig, damit sie möglichst viel Eindruck bei dem etwas dummen Riesen erzielten.

»Es ist nicht deine Schuld, daß du hier drin gefangen sitzt, Blu. Balkom hat dich angelogen, damit du weiter arbeitest. Er nimmt die Edelsteine, die du findest, um Seelen einzusperren« – viel zu kompliziert, dachte sie – »für sehr böse Sachen. Jetzt nimmt er gerade einen von den Steinen, die du gesucht hast, um einem Menschenknappen etwas sehr Schlimmes anzutun. Der Knappe ist in dem Stein gefangen, und Balkom will ihn einem bösen Gott geben, damit er dafür, tja –« Es würde ihr nie gelingen, dem Riesen zu erklären, was Balkom machte.

Selana änderte ihre Taktik. »Er ist ein böser Zauberer«, sagte sie einfach, während sie versuchte, den Blick des Riesen festzuhalten. »Er steckt Leute in die Edelsteine und läßt sie nie wieder raus.«

»Sie können nicht raus? Blu können auch nicht raus. Aber

Balkom lassen mich viel bald raus, wenn Blu gut arbeiten und finden viele Steine.«

»Nein, das wird er nicht«, sagte Selana mit einem Kopfschütteln. »Er wird dich nie gehenlassen, Blu. Am Ende wird er dich auch umbringen.«

Blus Augen verdüsterten sich vor Zorn, und er schüttelte stumm den Kopf. »Balkom gut.«

»Er ist ein böser Zauberer!« beharrte sie, während sie gegen ihre Handschellen kämpfte. »Warum wäre ich sonst hier mit angeketteten Händen?«

»Balkom sagen, Frau gemein.«

Die zarte Meerelfin breitete die Arme so weit aus, wie es die Ketten erlaubten. »Sehe ich so aus, als wenn ich jemandem weh tun könnte, der so groß ist wie Balkom?«

Verwirrt watschelte der Riese rückwärts, schlug sich mit der Hand vor den Kopf und schluchzte.

»Blu«, sagte sie freundlich, aber mit Nachdruck. »Ich kann dir helfen. Wenn du mich nur losmachst, kann ich dich freilassen. Du brauchst nicht mehr im Dunkeln zu arbeiten, und du kannst deine Familie wiedersehen.« Sie streckte ihm die Handgelenke entgegen. »Tu's einfach, Blu.« Mit klopfendem Herzen sah sie zu dem rechten Eingang. »Schnell!«

Blu war furchtbar aufgeregt. Er stieß mit dem Kopf gegen die Höhlendecke und wimmerte vor sich hin. Dann griff er nach Selanas Hals, als wollte er ihn wie bei einem Hühnchen brechen. Ihr stockte der Atem, und sie sagte sich, daß der Tod aus den gewaltigen Händen des Riesen ein weit besseres Schicksal sein würde, als das, was der Magier mit ihr vorhatte. In letzter Sekunde wich der unentschlossene Blu jedoch verwirrt schluchzend zurück und trat mit seinen riesigen, dicken Zehen mitten ins Feuer. Sein erschrecktes Aufheulen hallte durch die Höhle.

Da gefror ihm auf einmal sein langes Gesicht, und er legte den Kopf schief, um auf etwas zu lauschen. Seine Augen füllten sich mit Angst. »Sie kommen!« schrie er. Auf den Knien fuhr er herum und flüchtete mit rauchenden Füßen in den Tunnel, aus dem er gekommen war.

Weil sie nicht wußte, was sie zu erwarten hatte, schaute Selana nach rechts zum Eingang. Sekunden nach Blus Flucht hörte sie ein stampfendes Geräusch, woraufhin zwei Minotauren den Raum betraten. Von den Hörnern bis zu den Zehen waren sie weiß und mit einem Netz pulsierender, roter Adern überzogen.

Die Untiere näherten sich ihr wie mechanisch, ohne nach rechts oder links zu sehen. Ihr wurde klar, daß es überhaupt keine Tiere waren, sondern magische Steingebilde, Golems. Mit ausgestreckten Armen und unbewegten Steinaugen marschierten sie direkt auf sie zu. Als der erste herankam, nahm Selana allen Mut und alle Kraft zusammen, setzte ihm den rechten Fuß auf den Bauch und trat mit aller Gewalt. Der Golem reagierte überhaupt nicht, sondern packte Selana und hielt ihre Arme fest. Das andere Gebilde nahm die Ketten in die Fäuste und riß sie so leicht auseinander, wie Selana einen Faden durchgerissen hätte.

Der Automat, der Selana hielt, warf sie sich mit dem Gesicht nach unten über die Schulter und schlang einen Arm fest um ihre Beine.

»Was macht ihr?« schrie sie. »Wohin bringt ihr mich? Laßt mich los!« Sie trat und trommelte wütend auf seinen Rücken ein, aber dabei tat sie sich nur selbst weh. Der Minotaurus trug sie durch den Tunnel zu einer annähernd kreisförmigen Kammer. Ungläubig sah Selana zu, wie die Wesen sich umdrehten und geradewegs auf ein ebenes Stück Wand zuhielten. Gerade als sie dachte, sie würden mit dem Fels zusammenstoßen, gingen sie mitten durch. Sie befanden sich in einem weiteren Tunnel.

Während sie den Gang hinunterliefen, bemerkte Selana ein schwaches Licht, das langsam stärker wurde, bis sie und ihre Begleiter den Eingang zu einem weiteren Raum erreicht hatten. Der war jetzt nicht mehr mit Blus verkommener, unfertiger Höhle zu vergleichen. Die Wände des eiförmigen Raums waren aus poliertem, rosa Granit. Säulen, offenbar natürliche Bestandteile dieser Höhle, wanden sich rund, spiralförmig vom Boden bis zur Decke. An jeder steckte eine brennende Fackel in einem Fackelhalter. In der Mitte war die Decke am höchsten und fiel an allen Seiten geschwungen ab. Ganz hinten im Raum war ein schön gearbeitetes Tischpodest aus dem Granit des Bergs gemeißelt.

Der Golem trug sie in die Mitte des Raums, wo er sie auf dem Boden abstellte.

»Hallo, meine kleine Zaubermaus.«

Die schleppende, tiefe Baritonstimme triefte von Verachtung. Selana schloß einen Augenblick niedergeschlagen die Augen, bevor sie nach rechts sah, wo die Stimme hergekommen war.

Der Magier trat hinter einer Säule hervor. Jetzt trug er eine schwarze Robe anstelle der roten, und auf seinem Kopf fehlte die Kappe mit dem Widderschädel. Eine schwarze, seidene Augenklappe bedeckte seine gräßlich vernarbte Augenhöhle.

»Willkommen in meinem – hmm«, hielt er inne und suchte nach dem rechten Wort.

»Schlupfwinkel?« spie sie aus, während sie darum kämpfte, das Zittern in ihrer Stimme zu beherrschen. »Ich sehe, Ihr habt Euch entschieden, die roten Roben nicht mehr zu verspotten. Wenigstens tragt Ihr jetzt eine Farbe, die besser zu Eurem verschlagenen Wesen paßt.«

Er lachte gackernd und ging auf sie zu. Die Absätze seiner Stiefel klackten auf dem kalten, glatten Steinboden und hallten in dem starren Raum nach. »Ich würde meinen, eine Frau in bedrängter Lage könnte etwas mehr Ergebenheit zeigen«, sagte er unbeeindruckt. Er langte mit der daumenlosen Hand nach vorn und fuhr über ihre zerrissenen Kleider. Seine Finger verharrten an der Stelle ihres blassen Halses, wo ihr Puls klopfte. Voller Abscheu fuhr die Meerelfenprinzessin zurück. Balkom lächelte nur.

»Mit etwas Wasser und Seife und einem anständigen Kleid wärst du direkt vorzeigbar«, sagte er, während er ihre schlanke Gestalt in der zerfetzten Kleidung betrachtete. »Genau besehen sind diese Lumpen auf primitive Art und Weise beinahe verführerisch.«

Selana schrak zurück, konnte aber weder seinem Blick noch seinen tastenden Händen entkommen.

»Du hast mir noch nicht dafür gedankt, daß ich deine Wunde geheilt habe«, sagte der Zauberer, während seine Fingerspitzen die frische, rosa Narbe an der Innenseite ihres linken Oberarms nachzufahren versuchten. Sie wich zur Seite, aber die Bewegung war schwerfällig und schmerzhaft, weil an ihren Handgelenken immer noch die Enden der schweren Ketten hingen. Balkom lachte wieder, was Selana vor stiller Wut zittern ließ.

Er lief vor ihr hin und her. Den rasierten Kopf hatte er gedankenverloren gesenkt, die Hände steckten in den glockenförmigen Ärmeln seiner schwarzen Robe. »Es erstaunt mich doch, daß ich noch immer nichts über deinen Begleiter weiß, die andere Maus, oder besser: den kleinen Kender.« Er sah sie durchdringend an. »Oder deinen Namen… Prinzessin.« Zu seiner großen Befriedigung zuckte sie zusammen.

Er verzog die roten vollen Lippen zu einem Lächeln. »Eine

schlaue Vermutung meinerseits. Ich freue mich doch, daß sie wahr ist. Der Spruch, mit dem ich dein Armband untersucht habe, hat mir viel verraten, auch über dich. Am interessantesten war seine elfische Herkunft, auch wenn ich damals das Königreich noch nicht feststellen konnte. Das wurde natürlich klarer, sobald ich dich ohne Schal und Mantel gesehen hatte.«

Balkom stand genau außerhalb ihrer Reichweite und schob jetzt den Ärmel seiner rechten Hand hoch, um das Kupferarmband vorzuzeigen. Er neigte es zu den niedrigen Fackeln hin. »Hübsch, wie die Bernsteine das Licht des Feuers einfangen, nicht wahr? Für mich ist das eigentlich nur Tand, aber es wird mir Spaß machen, so ein schönes Stück zu besitzen – hat doch wohl der grauhaarige Zwerg gemacht? Wie schade, daß ein so geschickter Künstler nicht mehr arbeiten wird.« Balkom schüttelte mit spöttischem Bedauern seinen kahlen Kopf.

Mit der Wut der Besiegten versuchte Selana, das Armband zu erwischen, aber ihr Arm war viel zu kurz. Während sie das für Semurel gemachte Armband zum ersten Mal aus der Nähe sah, bildete sich in Selanas Hals ein dicker Kloß. Sie war enttäuscht. Balkoms Gestalt verschwamm vor ihren Augen, als sie vergeblich gegen die Tränen ankämpfte.

Du hattest recht, Sem, sagte sie sich. Ich bin für so etwas nicht geschaffen. Ich bin nicht stark genug. Zumindest was das angeht, konntest du doch die Zukunft vorhersehen …

»Komm schon, Prinzessin«, Balkoms ungeliebte Stimme drängte sich in ihre Gedanken. »Haben dich die Widrigkeiten der letzten Zeit etwa weich und weinerlich gemacht? Ich habe deinen Kampfgeist so bewundert. Die Sprüche zum Beispiel, mit denen du unter Burg Tantallon gekämpft hast, waren zwar in ihrer Macht begrenzt, aber genial ausgesucht. Ich bin schon sehr lange keinem mehr begegnet, der eine Herausforderung dargestellt hat.«

Er stieß einen tiefen Seufzer aus und schüttelte den Kopf. »Irgendwie schade, daß du nie mehr zaubern wirst. Wenn ich dich nicht so dringend und unwiderruflich für etwas anderes bräuchte, könnte ich dich in meiner neuen Stellung als Lehrmädchen annehmen.« Wieder wartete Balkom auf ihre Reaktion, doch Selana zeigte nur Verwirrung.

Balkom ärgerte sich. Er warf sich in die Brust und verkündete mit hochmütiger Stimme: »Wie du mit deinen Mäuseohren mitbekommen hast, werde ich heute nacht Ladonnas Platz in der Versammlung der Zauberer einnehmen.«

Die Meerelfin lachte.

Balkom schlug zu.

Selana taumelte gegen eine Säule und glitt auf den Boden, wo sie sich mit dem Handrücken ein dünnes Rinnsal Blut von den Lippen wischte. Obwohl sie zunächst überrumpelt war, fühlte sich die Meerelfenprinzessin jetzt stärker. Sie hatte einen Riß in Balkoms Rüstung entdeckt.

»Ach, das«, sagte sie leichthin. »Wenn ich mich recht erinnere, schien mir doch, daß Hiddukel Euch nichts zugesagt hat, außer daß er sich den Vorschlag überlegen will.« Sie lächelte herablassend. »Seht es doch ein, Balkom. Es wird nie soweit kommen. Hiddukel sprengt doch nicht die ganze Versammlung für eine armselige Knappenseele, egal wie rein die ist.«

Balkoms abstoßendes Gesicht wurde finster vor Wut, und er sah so aus, als wollte er Selana noch einmal schlagen. Dicht vor ihrer Wange hielt er inne und verzog das Gesicht plötzlich zu einem unheimlichen Grinsen. »Vielleicht nicht, Prinzessin. Darum bekommt er auch noch eine weitere, noch wertvollere Seele.«

Fast zärtlich nahm Balkom mit dem Finger einen Tropfen Blut von ihrem Mundwinkel ab. Während er mit offensichtlichem Vergnügen Selanas entsetzten Gesichtsausdruck betrachtete, leckte er sich den Finger ab und genoß den Geschmack. »Blut ist äußerst delikat, nicht wahr? Ich glaube, das Salzige daran gefällt mir am besten. Aber ich verschwende meine Zeit.«

Mit einem regelrecht gelangweilten Seufzer nahm er ihren schlanken Arm mit eisenhartem Griff und zog die stolpernde, schluchzende Elfin zum Tisch. Sie trat nach ihm, doch er wehrte den halbherzigen Angriff leicht ab. »Versuch doch, etwas königliche Würde zu wahren, Prinzessin«, spottete er.

»Wenn wir schon dabei sind, wir können dich natürlich nicht wie ein Straßenmädchen vor Hiddukel, den Seelenhändler, treten lassen.« Balkom murmelte ein Wort, und schon waren Selanas zerrissene Kleider durch ein elegantes Gewand aus Gaze in derselben ungewöhnlichen blaugrünen Farbe wie ihre Augen ersetzt. Ihre auf magische Weise gewaschenen und gekämmten Locken umspielten ihr blasses Gesicht. Sie zitterte in der feuchten Luft.

Balkom betrachtete ihr neues Erscheinungsbild und lächelte, wobei er traurig mit der Zunge schnalzte. »Wie schade. Du warst eine bezaubernde Prinzessin.«

Die verängstigte Meerelfin schloß die Augen, damit ihr vielleicht ein letzter Zauber – egal welcher – einfiele, der ihr bei der Flucht helfen könnte, aber ihre Zauberkräfte waren erschöpft.

Balkom griff in die Tiefen seiner schwarzen Robe und zog einen großen Rubin hervor. Als sie in dessen Facetten blickte, kam es Selana fast so vor, als könnte sie das schöne Gesicht des jungen Knappen, Rostrevor, erkennen.

Der Zauberer legte den großen Edelstein auf den Tisch. Dann sah er zu einem Loch in der Decke hoch, das etwa sechs Fuß Umfang hatte und durch das gedämpftes Mondlicht auf eine ovale Vertiefung in der Größe des Edelsteins fiel, die in den Granit eingelassen war. »Du kannst Nuitari nicht sehen, Prinzessin, aber schon bald wird er genau über uns in Konjunktion mit Lunitari treten. Wenn das geschieht, wirst du in diesen prächtigen Rubin eingeschlossen werden, genau wie Rostrevor in seinem steckt. Ich kann mir vorstellen, daß es ein angenehmes Gefängnis ist – alles schimmert in zahllosen Rotschattierungen. Viel angenehmer jedenfalls als das, was dich in Hiddukels zärtlicher Umarmung erwartet.«

Er schob erneut die Hand in seine Robe, hielt dann inne und betrachtete das Handgelenk mit dem Armband. Die Haut unter dem Kupferband wurde plötzlich unangenehm warm. Er rieb sich das Handgelenk, aber die Haut fühlte sich bei der Berührung nicht heiß an. Dennoch war das Hitzegefühl unbestreitbar da.

Balkom wollte das Armband gerade abziehen, als ihn etwas leicht am Hinterkopf traf. Er taumelte kurz und fuhr dann zu dem Angreifer herum. Anstatt jemanden hinter sich zu sehen, sah er mehrere Leute, darunter den Kender, den Zwerg und den Halbelfen, durch die Tür zu seinem Zaubererlabor eintreten. Als sie auf ihn zustürmten, sprangen drei weitere Personen durch die Öffnung über dem Altar und griffen ihn von hinten an.

Mit pochenden Schläfen hätte Balkom fast einen Verteidigungszauber gesprochen, als ihm klar wurde, daß keine Angreifer da waren. Er blinzelte einige Male. Bis auf ihn selbst, Selana und seine Golems war der Raum leer. Die anderen waren Hirngespinste gewesen, nur… Vision.

Fast augenblicklich erkannte er: Das Armband hatte ihm tatsächlich einen Blick in die Zukunft gestattet.

Selana hatte sein Gesicht nicht aus den Augen gelassen! »Was ist los? Was habt Ihr gesehen?«

Schnell warf er ein einfaches *Festhalten* über die Meerelfin.

»Danke für das Armband, Prinzessin«, sagte er. »Es hat mich gerade auf etwas aufmerksam gemacht, gegen das ich leicht Vorkehrungen treffen kann. Auch wenn ich mir nicht erklären kann, wie deine Freunde aus Tantallon entkommen sind, haben sie sich anscheinend zu einer Rettungsaktion entschlossen.«

Er nahm das Armband ab, damit es ihn nicht beim Zaubern störte, und legte es auf den Altar.

»Ich muß ein paar ungebetene Gäste willkommen heißen.«

Kapitel 9

Ein Edelstein als Lösung

Flint verzog das Gesicht und kratzte sich am Bart. »Das ganze Viehzeug krieg' ich nie wieder raus«, knurrte er Tanis an. »Kein Wunder, daß Vögel keine Haare haben.«

»Und kein Wunder, daß du keine Flügel hast«, antwortete der Halbelf. »Aus lauter Angst um deinen kostbaren Bart würdest du sie nie benutzen. Paß bei dem Geröll auf, das ist locker.«

Genau in dem Moment, wo er diese Warnung aussprach, rutschte Tanis ein melonengroßer Stein unter dem Fuß weg und kullerte den steinigen Hang hinunter. Flint wich zur Seite aus. Dicht hinter ihm knallte er gegen einen Felsen und sprang über die Köpfe von Tolpan und den drei Phaetonen hinweg, die das Schlußlicht der Gruppe bildeten. Er verschwand unter ihnen in der Finsternis, aber wiederholtes Krachen ließ sie deutlich jeden Aufschlag hören, als der Stein bis zum dreihundert Schritt tiefer gelegenen Ende des Hangs hinabpolterte.

»Wieder daneben, Tanis. Das war das zweite Mal«, sagte Tolpan, der wieder zu klettern begann.

»Aller guten Dinge sind drei«, murmelte Flint.

Nanda Lokir, der die Gruppe anführte, drehte sich zu den anderen um. »Wir nähern uns dem Grat. Seid jetzt still und paßt auf. Oben ist der Hang steiler.«

Sie waren so nah zu Balkoms Höhle geflogen, wie die Phaetone es wagten. Leider wirkten ihre Flammenflügel im Dämmerlicht wie Leuchtkugeln, so daß sie es für besser hielten, hinter einem Berg zu landen, der sie vom Eingang zur Höhle abschirmte.

Nanda, Hoto, Cele und die anderen vier Phaetone, die die Gruppe begleiteten, waren an das Gelände und die Höhe gewöhnt. Ihre Stiefel mit den festen Sohlen eigneten sich gut dazu, über Geröll zu klettern. Tolpan, Flint und Tanis hatten Mühe und keuchten vor Anstrengung, weil die Luft in dieser Höhe schon ziemlich dünn war. Flint trug wenigstens eisenbeschlagene Stiefel. Tanis und Tolpan hatten einiges auszustehen, während sie über die Steine stolperten, die durch ihre dünnbesohlten Mokassins stachen, welche eher für grasbewachsene Ebenen und staubige Straßen gemacht waren.

Alle atmeten auf, als sie einer nach dem anderen oben ankamen und kurz vor dem Grat eine Pause einlegten. Die andere Seite war lange nicht so steil. Zehn Gesichter spähten in die Dämmerung.

Etwa vierhundert Schritt entfernt war am gegenüberliegenden Hang der Eingang zu einer Höhle zu sehen. Von innen strömte ein einladendes Licht heraus, das einen warmen Glanz über die verkrüppelten Bäume um den Eingang warf. Ein Bach, der sich tief in die Erde eingeschnitten hatte, trennte die Gruppe von der Höhle. Auf beiden Seiten fielen die Hänge allmählich ab und waren mit Gestrüpp bedeckt: Dornenbüsche und kleine Bäume.

»Ich kann es zwar kaum glauben, aber der Eingang sieht nicht bewacht aus«, stellte Tanis fest.

Flint war skeptisch. »Dann glaub' es lieber nicht, Junge. Du hast Balkom doch kennengelernt. Er ist ein gewiefter Zauberer und obendrein ein schlauer Fiesling. Der läßt nicht einfach die Tür offen stehen.«

»Er weiß, daß wir ihm auf den Fersen sind«, fügte Tolpan hinzu. »Wir wissen nicht, was er aus Selana herausgequetscht hat.« Tanis erschauerte, weil ihm bei diesen Worten sein eigenes Verhör einfiel.

Nanda warf einen Blick an den Himmel. Jetzt funkelten Sterne in der Dunkelheit. Im Osten, wo die Berge zum Neumeer hin abfielen, ging Lunitari, der schnelle Mond, auf, der auf seinem unentwegten Lauf über den Himmel eilte. Darüber stand Nuitari, der unsichtbare Mond. Nur Zauberer, die die schwarze Robe des Bösen anlegten, konnten diesen Trabanten wirklich sehen. Aufmerksame Augen konnten ihn in Nächten wie dieser als schwarze Scheibe erkennen, die die Sterne hinter sich verdeckte. »Seht nach oben, Freunde. In der nächsten Stunde wird Lunitari Nuitari überholen. Hoto sagt, daß dieser Balkom seinen Zauber sprechen wird, wenn sie zusammenstehen. Uns bleibt nur noch wenig Zeit.«

»Ob es noch einen anderen Eingang gibt?« fragte Tanis.

Alle Augen wandten sich Hoto zu, der geschwiegen hatte,

seit sie das Turmdorf der Phaetonen verlassen hatten. Wie gewöhnlich antwortete er erst nach einer Weile. »Es gibt noch eine Öffnung, doch dies ist kein guter Eingang. Es ist eine Art Schornstein, der in den Fels gemeißelt wurde. Ich beobachte die Gegend seit Jahren und habe festgestellt, daß dieser Schornstein in den Raum führt, in dem der Zauberer seine Riten vollzieht. So kann er während der Zeremonie die Monde sehen.«

»Ist er so breit, daß man hinunterklettern kann?« fragte Tanis.

»Zu breit«, erwiderte Hoto. »Die Wände sind glatt, steil und mehr als zwei Armlängen voneinander entfernt. Ohne Seile würdet ihr nicht hinunterkommen.«

Tanis spürte, daß Hoto auf etwas hinauswollte. »Aber ein Phaeton mit Flügeln könnte doch runterfliegen?«

»Ja, wenn er vorsichtig ist und keine schwere Last trägt.«

Flint warf Tanis einen Blick zu. »Denkst du, was ich denke, was du denkst?«

Der Halbelf nickte. »Sieben von uns gehen am Haupteingang rein. Dort wird der Widerstand wahrscheinlich am stärksten sein, und wir müssen dort ebenfalls stark sein. Nanda, drei von deinen Leuten sollen diesen Kamin suchen und dort warten. Wenn wir Balkoms Zeremonienraum erreichen, muß er sich auf uns konzentrieren.

Dann kommt die Überraschung durch den Schornstein. Mit etwas Glück erwischt ihn einer von hinten.«

Nanda überlegte sich den Vorschlag. Er warf Hoto einen Blick zu. »Du bist nicht unser Anführer, Urgroßvater, aber unser weisester Ratgeber. Hört sich Tanis' Plan erfolgversprechend an?«

»Jedenfalls ist er nicht schlechter als andere.« Hoto sah Tanis direkt ins Gesicht. Dem Halbelfen fiel zum ersten Mal auf, wie die Augen des Mannes in der Dunkelheit glühten. »Auch wenn der Erfolg seinen Preis haben wird. Wie der Zwerg schon sagte, euer Feind ist ein mächtiger Zauberer. Heute nacht wird er mehr als einen von uns töten. Ist diese Elfenfrau einen solchen Preis wert, Nanda Lokir?«

Nanda hatte gewußt, daß diese Frage kommen würde, und seine Antwort kam ohne Zögern. »Nein, Urgroßvater, die Frau selbst ist für uns ohne Bedeutung. Aber das Böse in diesem Mann kann unsere Familien bedrohen. Das ist es, was wir verhindern müssen.«

Der Alte schien mit dieser Antwort zufrieden zu sein.

Nanda wandte sich den anderen Phaetonen in der Gruppe zu. »Cele, nimm Jito und Satba mit zum Schornstein. Hoto wird euch beschreiben, wo das ist. Dort wartet ihr, bis wir kommen. Wir anderen gehen zum Haupteingang. Ich gehe voraus, dann kommt Hoto, dann Kelu, Tanis, Tolpan und Flint, zum Schluß Baji. Wir rücken so schnell und still wie möglich vor.«

Plötzlich stand Tolpan neben Nanda. »Laß mich vorgehen, Nanda. Ich bin der Kleinste, und ich habe so was schon eher mal gemacht.«

»Nein. Du bleibst hinter Tanis und Flint. Alle mir nach.« Auf der Stelle war der Anführer der Phaetonen auf den Beinen und schlich über den Grat. Er verschmolz mit den Büschen und suchte sich vorsichtig einen Weg durch das dornige Gestrüpp. Die Gruppe brauchte fast zwanzig Minuten, um das Tal hinter sich zu bringen, doch schließlich erreichten sie zerkratzt und verschwitzt den Höhleneingang.

»Kann jemand diese Zeichen lesen?« fragte Nanda.

Tanis suchte den weißen Fels um den Eingang ab und bemerkte zum ersten Mal, daß wirklich eine Art Schrift in den Stein eingemeißelt war. Er hatte keine Ahnung, was sie bedeutete, oder auch nur, welche Sprache es war.

Wieder schob Tolpan sich nach vorne. »Das ist eine religiöse Inschrift, eine Art rituelles Gebet. Ich habe genau so etwas schon einmal über einer Tempeltür südlich von Shalost an der Grenze zu Silvanesti gesehen, kurz bevor die Elfen den Tempel niederbrannten. Ich weiß nicht, was es bedeutet, aber es sind dieselben Zeichen. Das hier, an der Spitze«, er deutete mit seinem Hupak hin, »ist das Siegel von Hiddukel.«

Flint fingerte unsicher an seiner Axt herum und fragte: »Was war das für ein Tempel, der bei Shalost?«

»Der gehörte einem Seelenkannibalenkult.«

Die Gruppe schwieg einen Moment lang, bis Tanis sagte: »Na schön, das paßt zu dem, was du mit Selana in Balkoms Labor belauscht hast. Gehen wir rein.«

Geduckt, als würde er in starken Gegenwind laufen, drang Nanda in die Höhle ein. Der Rest der Gruppe folgte in einer Reihe hintereinander.

Baji, der als letzter der Phaetonen eintrat, warf schnell einen Blick über die Schulter. Nachdem er sich vergewissert hatte, daß ihnen niemand folgte, drehte er sich wieder um und schloß mit Flint auf.

Hätte er den Eingang etwas länger beobachtet, so hätte er vielleicht gesehen, wie zwei weiße Steinkörper in Gestalt von Minotauren mit pulsierenden, roten Adern sich aus dem Fels beiderseits der Höhle lösten, langsam zum Eingang liefen und den Eindringlingen folgten.

Nanda führte die Gruppe langsam den Gang hinunter. Obwohl es eine natürliche Höhle war, sah man, daß manches daran bearbeitet war. Wände und Boden waren teilweise geglättet oder eingeebnet. Von weiter vorne drang ein schwaches Licht in den Tunnel, das lange Schatten zum Eingang hin warf.

Der Anführer ging vorsichtig vor und tastete den Boden vor sich mit seinem Stab ab. Sekunden später klickte und zischte etwas, und Nanda brach auf dem Boden zusammen. Alle aus der Gruppe blieben erst wie erstarrt stehen. Dann rannten Kelu und Tanis zu dem Getroffenen.

Ein Eisenpfeil ragte zwei Fingerbreit aus seiner Hüfte, und darum breitete sich eine Blutlache aus. Kelu nahm ihn vorsichtig zwischen Daumen und Zeigefinger und versuchte ganz sanft, ihn aus der Wunde zu ziehen. Nandas Halsmuskeln spannten sich an, weil er dagegen kämpfte, laut aufzuschreien.

Kelu schüttelte den Kopf. »Er steckt im Knochen, Nanda.«

»Und hat wahrscheinlich auch Widerhaken«, fügte Tanis hinzu. »Um den sicher herauszubekommen, brauchen wir Magie. Kannst du überhaupt noch gehen?«

Der bleiche Anführer der Phaetonen nickte und murmelte: »Ich glaube schon.« Die beiden Männer halfen ihm auf und stützten ihn. Tolpan hob den Stab auf, den Nanda fallengelassen hatte, und gab ihn zurück. Wenn er sich auf den Stab stützte, konnte Nanda eigenständig weiterhumpeln, doch jeder konnte sehen, wie er unter Schmerzen litt.

Tolpan tippte Nanda an die Schulter und sagte wieder: »Das hätte ich bestimmt entdeckt. Laß mich vorgehen.« Als er das Zögern in Nandas Augen sah, beharrte er: »Ich kann so was. Ist eine Art Hobby.«

Nanda sah Tanis fragend an. Der Halbelf erklärte: »Ich kenne ihn nicht viel länger als du, aber er scheint wirklich sehr geschickt darin zu sein, irgendwo rein und wieder raus zu kommen, wo Besucher unerwünscht sind. In dieser Hinsicht hat er uns bisher immer gut geführt.«

Nanda schlug die Augen nieder und winkte mit der Hand.

»Geh vor«, sagte Tanis. »Nanda kann deinen Platz zwischen Flint und mir einnehmen.«

Etwas erleichtert, weil jemand anders ihm die Verantwortung abnahm, stützte sich Nanda schwer auf seinen Stab, um dem verwundeten Bein möglichst viel Gewicht abzunehmen.

Tolpan grinste von einem Ohr zum anderen, während er seine Beutel und Taschen zurechtrückte und sagte: »Beste Entscheidung, die du je getroffen hast. Guckt gut zu!« Er drehte sich um und ging leichtfüßig bis zu der Stelle zurück, wo Nanda gestürzt war. »Ich bin fertig, ihr auch, Tanis?« Ohne ein Zeichen abzuwarten, ging er an die Arbeit.

Bevor er weiter den Tunnel hinunterlief, nahm sich der Kender die Zeit, den Auslösemechanismus der Falle zu untersuchen, die Nanda verletzt hatte. Er stocherte nur ein paar Sekunden mit dem Dolch in dem rauhen Steinboden herum, bevor er murmelte: »Aha!« Einer der größeren Steine verschob sich etwas und gab dabei ein hörbares Klicken von sich. Tolpan sah ihn sich noch ein paar Sekunden an, bevor er die gegenüberliegende Wand absuchte. Rasch fand er das kleine Loch für den Pfeil und nickte anerkennend.

»Hier hat jemand wirklich erstklassige Arbeit geleistet«, sagte er über die Schulter, doch ein ganzer Chor von »Psst!« erinnerte Tolpan daran, wo er war.

Nachdem er jetzt die richtige Vorstellung davon hatte, was vor ihm lag, nahm Tolpan seine Suche wieder auf. Er ging den Tunnel nur wenige Schritte weiter hinunter, bevor er stehenblieb, die Hand hob und die anderen anhalten ließ. Er zeigte an die Decke, wo Spinnweben und Staub wie eine haarige Decke am Fels klebten. Als alle nach oben schauten, stach er mit dem Ende seines Hupaks in ein Moospolster am Boden.

Mehrere Phaetone japsten auf, als ein scheinbarer Deckenteil in einer Staubwolke herunterfiel. Ein festes Netz, das mit kopfgroßen Steinen beschwert war, krachte auf den Boden. Der Staub hatte sich noch nicht gelegt, als Kelu nach vorne kam, um sich das genauer anzusehen, doch Tolpan versperrte ihm schnell mit seinem Hupakstock den Weg. Sekunden später drang ein lautes »Pling« durch den Tunnel, denn sechzehn Metallspitzen, jede einen Fuß lang und mit Widerhaken am Schaft, sprangen aus dem Boden und bohrten sich nach oben durchs Netz.

Tolpan nahm den Hupak herunter. »Jeder, der da drunter gewesen wäre, wäre vom Gewicht des Netzes auf den Boden gedrückt worden, und dann hätten ihm die Spieße den Garaus gemacht. Teuflisch«, erklärte Tolpan, der sich anhörte wie ein Philosoph vor seinen Schülern. »Ihr bleibt lieber auf den Zehenspitzen, falls ich etwas übersehe«, meinte er, um dann bescheiden hinzuzufügen, »so unwahrscheinlich das auch ist.«

Mit alarmierender Unbekümmertheit suchte sich Tolpan einen Weg durch die Spitzen und das Netz. Obwohl sie alle Gefahren gewöhnt waren, mußten die Phaetone und besonders Nanda heftig schlucken angesichts des gräßlichen Schicksals, dem der Kender so leichtherzig ausgewichen war.

Nur wenige Schritte hinter der Falle mündete der Gang in einem runden Raum. Wände und Boden waren aus poliertem, korallenrotem Granit, der von grauen Adern durchzogen war. Drei magische Lichtquellen leuchteten gleichmäßig an den Wänden und erfüllten den Raum mit weißem Licht. Alle, die eintraten, sahen Tolpan in der Mitte des Raums stehen und mit seinem langen Pferdeschwanz spielen.

Tanis und Flint gingen zu dem Kender hin, der sie fragte: »Was sagt ihr dazu?« Mit einer Armbewegung zeigte er auf die Wände der Kammer. Sie waren in jeder Hinsicht völlig unauffällig, bis auf eins.

»Es gibt keinen Ausgang«, stellte Tanis verwundert fest. Die Wände zeigten keinerlei Fugen. Die einzige Tür war die, durch die die Gruppe gerade eingetreten war.

»Keinen, den wir sehen können, meinst du«, stellte Tolpan

richtig. »Ich wette um Flints Bart, daß es mindestens einen Ausgang gibt, abgesehen von dem, durch den wir reingekommen sind. Wahrscheinlich sogar noch mehr. Wir müssen sie nur finden.« Rasch machte sich der Kender an die Arbeit und suchte nach Geheimtüren. Er tastete Wände, Boden und Decke ab, stocherte, fühlte, klopfte, drehte und zog.

Als er gegen scheinbar festen Granit drückte, fiel Tolpan auf einmal hindurch, so daß nur noch seine Füße aus der Wand guckten. Was wie eine einfache Wand ausgesehen hatte, schimmerte und verblaßte und zeigte jetzt einen offenen Torbogen. Der Kender, der genauso überrascht war wie alle anderen, rappelte sich wieder auf. Flint strahlte.

»Das ist einer, aber wie ich schon sagte, es gibt bestimmt noch mehr. Nachdem wir jetzt wissen, wonach wir suchen müssen, sollten wir schnell den Rest aufstöbern.«

Eine knappe Minute später hatten sie zwei weitere Zugänge entdeckt. Alle drei führten in Gänge, nicht in Räume. Zwei waren glattpoliert wie die Kammer, in die alle Gänge mündeten. Der dritte, der nach links führte, war uneben wie der Gang, durch den sie vom Eingang hergekommen waren.

Nanda wandte sich an seinen Urgroßvater. »Hoto, hast du eine Ahnung, wo diese Gänge hinführen?«

Der Alte schüttelte nur seine weiße Mähne. »Ich bin noch nie hier drin gewesen, und ich bin es nicht gewohnt, unter der Erde zu sein. Mein Orientierungssinn ist hier unten ziemlich schlecht.«

»Meiner ist bestens«, sagte der Zwerg, der in den unterirdischen Tunneln aufgewachsen war, die die Vorberge des Kharolis-Gebirges durchzogen. »Wenn man von der Stelle ausgeht, wo deiner Beschreibung nach der Schornstein liegen soll, müßte einer der beiden polierten Gänge dorthin führen. Wohin der dritte führen mag, bleibt jedem selbst überlassen.«

»Da beide gleich gut möglich sind«, sagte Tanis, »schlage ich vor, daß wir den hier nehmen.« Er zeigte auf den Gang ganz rechts und ging ein paar Schritte darauf zu.

»Warte mal«, wies Tolpan ihn an. Indem er sich so weit wie möglich reckte, nahm er eine der magischen Lampen aus ihrer Wandhalterung und drängelte sich dann vor Tanis in den unerforschten Gang. »Okay, alles bereit.«

Langsam folgten sie dem Gang, bis Tolpan auf einmal stehenblieb und die anderen heranwinkte. Tanis wollte gerade fragen, was los war, als er es auch schon sah. Es stand im Schatten und wurde von Tolpans Licht nur teilweise erleuchtet, doch Tanis hatte nicht die Absicht, es sich genauer anzusehen.

»Vater der Schöpfung!« rief Flint aus, als er hinter Tanis vortrat. »Was zur Hölle ist das?«

Das Wesen vor ihnen, das einige Schritte weiter im Gang wartete, war einst ein Mensch gewesen. Jetzt war sein Fleisch vertrocknet, eingesunken und aufgesprungen. Braune Knochen waren durch die zerrissene Haut zu sehen. In steifer Habacht-Stellung stand es in der Mitte des Durchgangs, bekleidet mit einer hinreißenden Kettenrüstung. Nicht einmal die vielen Löcher und das im Laufe vieler Jahre angelaufene Metall konnten die Pracht der Rüstung schmälern. Der große Schild am linken Arm des Skelettwesens war von oben zur Mitte hin gespalten. Ein knappes Dutzend abgeknickter Pfeilschäfte ragte in merkwürdigen Winkeln aus dem Schild, und von jeder verrosteten, eisernen Pfeilspitze lief ein brauner Streifen herunter.

In der rechten Hand des Wesens baumelte lose ein Bastardschwert. Der gepolsterte Lederhandschuh und der zerfallende Ledergriff des Schwerts waren zu einem einheitlichen, schimmligen Klumpen geworden, doch das Schwert war nur an wenigen Stellen angerostet. Der größte Teil seiner drei Fuß langen Klinge war immer noch glänzend und scharf. In Tolpans Kehle bildete sich ein unangenehmer Klumpen, als er erkannte, daß der Rost auf der Klinge Blutflecken waren, die nie abgewischt worden waren.

»Das ist nicht bloß ein weiterer Zombie«, meinte Tolpan.

»Er hat sich noch nicht bewegt. Vielleicht ist er ja nichts weiter als ein Toter«, schlug Kelu vor.

Tolpan wußte, daß das nicht stimmte. Weil er kleiner war als alle anderen, konnte er etwas sehen, was sie nicht sahen: Die Augenschlitze im Helm des Monsters. Unter diesen Stahlrändern lagen zwei schwarze Höhlen, und in jeder leuchtete ein stecknadelkopfgroßes, flackerndes Licht.

Mit einem markerschütternden Knirschen hob das Wesen seinen Kopf und richtete die bösartig funkelnden Augen auf die Eindringlinge. Knochen rieben aneinander, als es Schild und Schwert erhob. Da Tolpan die schwankende Gangart erwartete, die für die meisten Untoten typisch war, war er sprachlos vor Entsetzen, als das Monster geschmeidig auf sie zusprang. Die schwere, blitzende Klinge pfiff in Halshöhe durch die Luft. Der Kender warf sich auf den Boden und rollte direkt auf das Monster zu, um so an ihm vorbeizukommen.

Der Tod hatte die Reflexe des Wesens nicht langsamer gemacht. Der Skelettkrieger wich aus und trat Tolpan mit seinem stahlbewehrten Fuß derb in den Magen. Der unglückliche Kender kullerte über den glatten Boden zurück und blieb wegen der Wucht des Tritts benommen und nach Luft schnappend liegen. Ein hinterhältiger Schlag des großen Schwerts hätte ihn halbiert, doch der tödliche Hieb wurde von Flints Axt abgewehrt. Tolpan merkte, wie die Hände seiner Freunde ihn wegzogen, aber seine Rippen schmerzten, und in seinen Ohren hallte der Aufprall nach.

Jetzt mußte sich Flint dem Wesen stellen. Er hielt seine

schwere Axt wieder kampfbereit, während der Krieger ihn mit seinen kalten Augen musterte. Dem stämmigen Zwerg waren weder lebensgefährliche Zweikämpfe noch untote Monster etwas Neues, aber das hier war etwas, dem er noch nie begegnet war. Er war sich keineswegs sicher, ob seine einfache Waffe diesen offensichtlich magischen Gegner überhaupt verletzen konnte.

Der Skelettkrieger streckte ihm die Spitze seines Schwerts entgegen, während er seinen Schild eine halbe Armlänge vor sich hielt. Flint begriff, daß er nicht zum ersten Mal gegen Axtträger kämpfte, und sein offenbar noch vorhandenes untotes Gehirn konnte noch nachdenken und sich erinnern. Die Art, wie er Tolpan angegriffen hatte, zeigte seine Kampferfahrenheit.

Der kräftige Zwerg richtete seine Augen fest auf das Visier des Wesens, als er vorsprang und seine schwere Doppelaxt gegen das Schwert schwang. Der uralte Stahl fuhr unter einem Funkenschauer und Splitterregen in die Wand, und Flint merkte, wie seine Axt abprallte, da er sie nicht mehr kontrollieren konnte. Zu spät erkannte er, daß das Monster ihn geködert hatte, weil es wußte, daß sein Schwert den Schlag vertragen konnte. Der Schild fuhr nach vorn auf die Axt zu, traf die zurückprallende Klinge von der Seite und fing sie dadurch ein wie der Baumstumpf die Axt des Holzhackers. Der Schild drehte ab und riß Flint den Schaft aus den Händen. Dann sauste das Schwert durch die muffige Luft. Seine Spitze durchtrennte sauber den gehärteten Lederpanzer über Flints linker Schulter. Ein größer werdender Fleck verdunkelte das Hemd unter der beschädigten Rüstung.

Flint taumelte rückwärts und hielt sich den verwundeten Arm.

Der Skelettkrieger sprang vor, um den Angriff fortzuführen,

doch jetzt sackte sein Schild vom Gewicht von Flints darin eingebetteter Axt herunter. Das war die Blöße, auf die Tanis gewartet hatte. Der Halbelf feuerte dem Untoten einen rasiermesserscharfen Pfeil genau in die ungedeckte Brust. Der Pfeil durchschlug Vorder- und Rückseite des Kettenhemds und traf die Wand dahinter, während Teile der Kettenrüstung auf den Boden rieselten. Das schmerzunempfindliche Wesen schien die Wunde nicht zu bemerken.

Kelu, der die Gefahr für Flint erkannte, riß Nandas Stab an sich und schoß nach vorn. Mit kalter Treffsicherheit traf er das Monster zweimal mit voller Kraft gegen den Helm, doch das Bastardschwert des Skelettkriegers blitzte nur einmal auf, anscheinend ohne überhaupt die Richtung seines Angriffs zu ändern, und trennte dem Phaeton den rechten Arm am Ellenbogen ab. Als Kelu entsetzt und schockiert seinen Arm anstarrte, schlitzte ihm ein zweiter Schlag quer den Bauch auf, und ein dritter riß ihn vom Schlüsselbein bis zum Nabel auf. Der verstümmelte Körper des Phaetons sank in eine sich ausbreitende, tiefrote Lache am Boden.

Während Tanis entgeistert die Leiche anstarrte, riß der Skelettkrieger die Axt aus seinem Schild und schleuderte sie zur Seite. »Alles zurück, den Gang hoch!« schrie der Halbelf, wobei er den Stab aufhob und ihn Nanda zurückgab. »Das hier können wir nicht bekämpfen. Es ist zu gefährlich.« Als die Überlebenden eilig wieder auf die Kammer zuliefen, legte Tanis einen Pfeil auf und deckte ihren Rückzug, obwohl er sich fragte, was ein weiterer Pfeil helfen mochte, falls das Monster beschloß, ihnen zu folgen.

Es verfolgte sie nicht, sondern nahm wieder seine Wache in dem grauenvollen Gang auf.

Tanis' Erleichterung über ihren leichten Rückzug wurde durch einen Schrei von hinten beendet. Als er herumfuhr, sah er, daß sie schon fast an der Kammer waren. Doch die Tür wurde von einem riesigen Golem verstellt, einer lebenden Steinstatue aus reinweißem Granit, der von einem Netz aus pulsierenden, roten Adern durchzogen war. Die Statue ähnelte einem Minotaurus, denn sie hatte einen Stierkopf auf einem Menschenkörper. Ein Golem blockierte den Ausgang, und ein weiterer stand hinter ihm in der Kammer.

Den Schrei hatte Baji ausgestoßen, der gerade in den mächtigen Armen des Golems zerquetscht wurde. Seine Füße baumelten mehr als zwei Fuß hoch über dem Boden, und der Golem überragte ihn immer noch um einen vollen Kopf. Mit jedem Schrei wurde der Griff des Golems fester, so daß der verängstigte Phaeton nicht mehr einatmen konnte.

Tanis stand hilflos da. Er hatte einen schußbereiten Bogen in der Hand, konnte aber nicht schießen, weil er Angst hatte, Baji zu treffen. Nanda schlug mit seinem Stab auf das Wesen ein, doch die Holzwaffe konnte gegen Stein nichts ausrichten. Augenblicke später war Bajis Kampf zu Ende, und er fiel wie eine Marionette schlaff zu Boden. Im gleichen Moment traf Tanis' Pfeil den Golem in den Hals, prallte aber ab, wobei er die Oberfläche kaum ankratzte. Ein zweiter Pfeil traf die Stirn und zerbrach.

Tanis legte gerade einen dritten Pfeil auf, als jemand ihn aus seinen Händen riß. Tolpan stand vor ihm. »Die können wir auch nicht bekämpfen, Tanis. Sie sind zu stark. Du verschwendest bloß Pfeile. Wir müssen irgendwie aus diesem Gang raus.«

Tanis ließ den Bogen sinken. »Wenn wir alle auf einmal dieses Skelettdings angreifen, müßten wenigstens zwei oder drei von uns durchkommen. Ich glaube kaum, daß es uns alle umbringen kann. Das ist kein überzeugender Plan, aber ...«

Hoto, der den Minotaurus mit krachenden Schlägen durch

seinen Knüppel in Schach gehalten hatte, rief über die Schulter: »Vielleicht kann ich das tote Ding da aus dem Gang entfernen. Laßt mich vorgehen.« Als er zurückwich und den Gang hinunterkam, senkte der Minotaurengolem den Kopf und drang in den Korridor ein. Mit weit ausgestreckten Armen langte er nach allem, was er erwischen konnte, doch die Phaetone und ihre Verbündeten hatten bereits einen guten Vorsprung.

Als sie sich dem Platz des Skelettkriegers näherten, sah Tolpan, wie dieser erneut die glitzernde Klinge und den mitgenommenen Schild zum Kampf hob. Er fragte sich, was ein alter Phaeton mit einem Stock und einem Messer wohl ausrichten konnte. Hoto wies die anderen an, zurückzubleiben, als er sich dem Monster näherte.

»Der Golem kommt näher«, brüllte Tanis. »Wir können ihn nicht lange hinhalten.«

Nanda packte Tanis am Arm. »Es wird nicht lange dauern. Bedeck dein Gesicht und die Augen.«

»Was ist mit dem Golem?« wollte Flint wissen. Er umklammerte immer noch ächzend die verletzte Schulter im Versuch, die Wunde zusammenzudrücken. Sein Ärmel war dunkel und verklebt. Er wußte, daß es sie nur noch mehr in Gefahr bringen würde, wenn er zum Verbinden anhalten würde, bevor sie einen halbwegs sicheren Ort erreicht hatten.

»Ich kann den Golem aufhalten«, behauptete Nanda, der im Gang zurückhumpelte. Tolpan wollte dem verletzten Phaeton gerade nachlaufen, als der schwach erleuchtete Gang plötzlich in Flammen stand. Brüllende Hitze und Licht strömten von Hotos Platz, aber auch von hinten aus, wo Nanda dem Golem gegenüberstand. Der Kender merkte, wie sich seine Augenbrauen vor Hitze kräuselten – und das war nur ein sehr schwacher Hinweis darauf, welche Gewalt gegen die Steinminotauren und den Skelettkrieger aufgebracht wurde.

Zwischen den Fingern hindurch spähte Tolpan nach vorne in den Tunnel. Hoto stand in einem Inferno. Er hatte seine hinreißenden Flammenflügel vor sich ausgestreckt, sie um den Krieger geschlungen und zog ihn zu einer tödlichen Umarmung an sich. Der Krieger schlug skrupellos auf eine Schwinge ein, mußte jedoch zusehen, wie sein Schwert, ohne Schaden anzurichten, durch die Flamme fuhr. Augenblicklich erkannte das Monster, daß es nutzlos war, die Flügel anzugreifen, und stürzte sich kopfüber auf Hoto. Tolpan hätte sich fast abgewandt, weil er nicht sehen wollte, wie der heldenhafte Phaeton durchbohrt wurde, doch dann fiel ihm etwas auf, was er vorher übersehen hatte: Hoto stand nicht, sondern schwebte, von seinen Flügeln getragen, etwa eine Handbreit über dem Boden. Als das Schwert nach vorne zuckte, wich er sofort zur Seite aus. Der Untote stürzte durch die Wucht seines Angriffs genau in den Flammenflügel und saß nun zwischen beiden Flügeln fest.

Das Wesen schlug wild um sich, als es sich von Flammen umgeben sah. Dabei schrie es schauerlich und markerschütternd. Das Schwert traf Hoto ins Bein und fuhr dann über seinen Rücken, doch das festgenagelte Monster hatte kaum noch Kraft. Innerhalb weniger Sekunden begann das mumifizierte Fleisch zu rauchen und rollte sich an den glühenden Knochen auf, bevor es in Flammen aufging. Das Monster wehrte sich noch, bis Bänder und Knorpel verbrannt waren. Der versperrte Gang füllte sich mit übelriechendem Qualm. Schließlich lagen nur noch geschwärzte Knochen und die geschmolzene Kettenrüstung als Häufchen auf dem Boden. Der Schild war ein vager Schemen aus Asche, und das Schwert glühte sanft im schwachen Licht.

Der verwundete und erschöpfte Phaetonenälteste löschte seine Flügel und sank zu Boden. Er taumelte kurz und wäre wohl zusammengebrochen, doch Tolpan rannte hin und stützte Hoto mit der Schulter. Gemeinsam stolperten sie durch den verrauchten Gang weiter. Tolpan schaute nach unten, als sie über die verkohlten Überbleibsel des Kriegers stiegen, und sah zu seinem Entsetzen, daß immer noch zwei winzige Lichtpünktchen in den Augenhöhlen glühten. Er trat den Schädel weg, der in Stücke brach, als er über den Boden kullerte.

Ein Stück hinter Kelus Körper war eine Tür. Tolpan half Hoto, sich an der Wand anzulehnen, und untersuchte dann eilends die Tür auf Anzeichen einer Falle hin. Während er beschäftigt war, holte Flint seine Axt und schloß dann zu Tanis, Nanda und dem Kender auf. Tolpan stieß die Tür auf und starrte staunend in den dahinterliegenden Raum.

In der Mitte standen drei schwere Tische. Die Wände waren voller Regale. Bechergläser, Flaschen, Karaffen, Schalen, Bücher, Schriftrollen, und eine Unmenge von Sachen, die Tolpan nicht einmal benennen konnte, bedeckten Tische und Regale. Eine zweite Tür an der linken Wand war geschlossen.

Ohne Umschweife betrat er den Raum und begann sofort alle Sachen zu befingern, in zugedeckte Schalen zu schauen, Lösungen umzurühren, Fläschchen zu schütteln und überhaupt alles und jedes zu untersuchen.

Tanis lief hinterher und packte den neugierigen Kender am Kragen. »Willst du uns alle umbringen? Faß das Zeug nicht an. Es könnte gefährlich sein.« Als er sah, daß alle im Raum waren, fügte er hinzu: »Hilf mir, die Tür zu verrammeln. Die Golems kommen immer noch hinter uns her.«

»Aber Tanis«, wandte Tolpan ein, »es könnte hier etwas geben, das uns weiterhelfen kann.«

»Dann sollen Flint oder Hoto oder Nanda es finden. Du und ich sind die einzigen, die nicht verwundet sind.«

Widerstrebend stellte Tolpan die verkorkte Phiole zurück,

die er herumgeschwenkt hatte, und trottete zur Tür. Tanis lehnte sich schon mit der Schulter dagegen, um für den Angriff der Golems bereit zu sein.

Tolpan sah die Tür abschätzig an. »Sag mal, Tanis, das ist doch eine gute, solide Tür. Warum schließen wir nicht einfach zu?«

»Ich habe keinen Schlüssel.«

»Wer braucht denn einen Schlüssel?« fragte Tolpan. »Du bist aber manchmal wirklich begriffsstutzig.« Er sah durchs Schlüsselloch. »Oho, diese Golems kommen aber ganz schön schnell. Ich würde mich lieber bereitmachen, wenn ich du wäre, Tanis.«

»Wieso hilfst du mir nicht?«

»Ich helfe dir doch.« Die Tür erzitterte unter einem schweren Schlag. »Ich hab' sie gleich im Handumdrehen abgeschlossen.« Während Tolpan ein Stück gebogenen Draht in das Schloß schob, erschütterte ein zweiter Schlag die Tür. Er zog den Draht zurück, runzelte die Stirn und strich den Draht dann sorgfältig wieder glatt. »Kannst du sie nicht besser stillhalten?«

»Ich kann sie fast gar nicht mehr halten!«

Leise vor sich hin fluchend, drängelte sich Flint an Tolpan vorbei und stemmte seine unverletzte Schulter gegen die Tür. Tolpan wartete noch den nächsten Schlag ab und fädelte dann wieder den Draht ins Schloß. Nachdem er ein paar Sekunden herumgestochert hatte, kam endlich das befriedigende Klacken des Riegels. Die Golems hämmerten weiter gegen die Tür, und jeder Schlag riß einen weiteren Nagel heraus, aber die Tür würde noch mindestens einige Minuten halten.

»Jetzt sollten wir uns umsehen. Nirgends ist es so aufregend wie im Labor eines Zauberers«, sagte Tolpan.

»Dazu haben wir jetzt keine Zeit«, tadelte Tanis den Kender. »Zuerst müssen wir Selana und Balkom finden.«

»Nur eine Minute, Tanis; ich garantiere dir, es lohnt sich.«

Tanis sah Hoto fragend an, und der nickte.

Begeistert machte sich Tolpan an die Arbeit. Er lief eilig an den Regalen entlang, und las dabei Aufschriften der Gefäße: Krähenauge, Rauchquarzstaub, Häretikerasche, Fingernagel von Gehängten, Quecksilber, Hanf, zerstoßene Wellhornschneckenschale, Riesenheuler – das fiel ihm besonders auf – und so weiter. Gelegentlich schnappte er sich ein Fläschchen und steckte es in die Tasche.

Schließlich – die Minute war längst um – nahm er einen hohen Hocker und rannte zu der verschlossenen Tür zurück. Er schob den Hocker dicht vor die Tür und stellte vier Phiolen darauf. Als er sich zu Tanis umdrehte, verkündete er: »Ich bin soweit. Das sollte uns Bescheid geben, wenn die Gebrüder mit den Krampfadern durch die Tür kommen, und ihnen auch eine kleine Überraschung bereiten.« Nach dieser Schlußbemerkung klopfte er auf seine Westentasche.

»Dann wollen wir mal sehen, wo die andere Tür uns hinführt«, sagte Flint. Tanis hatte dem Zwerg unterdessen die Schulter verbunden, was die Blutung deutlich stillte, während Nanda sich um Hotos Verletzungen gekümmert hatte.

Sie versammelten sich vor der seitlichen Tür. Flint hielt seine Axt bereit, und Tanis legte einen Pfeil auf. Dann riß Nanda die Tür auf – die in einen weiteren dunklen Gang aus polierten Steinen führte.

Tanis senkte den Bogen. »Geh vor, Tolpan, und denk dran, die Zeit läuft uns weg.«

Der Kender trabte los und suchte Boden und Wände so sorgsam ab, wie es bei dem Tempo möglich war. Nach ein paar Dutzend Schritten knickte der Gang leicht ab, und Tolpan konnte an der äußeren Wand Licht flackern sehen, was ihm verriet, daß der Weg weiter vorne von Fackeln erhellt wurde. Er blieb kurz vor dem Knick stehen und lauschte. Er hörte eine Stimme sprechen und in den Pausen sehr, sehr leise eine zweite, obwohl sich Tolpan da nicht sicher war.

Dicht am Boden hockend, schob Tolpan langsam den Kopf um die Ecke. Nur wenige Schritte weiter mündete der Gang in eine Höhle. Fackellicht tanzte über die grellrosafarbenen Granitwände. Eine spiralenförmige Säule versperrte ihm größtenteils den Blick durch die Tür. Er konnte nicht abschätzen, wie groß die Höhle war, doch aufgrund des Klangs und des Echos der wiederkehrenden Stimme vermutete er, daß sie größer war als alle, die sie bis jetzt gesehen hatten.

Auf Händen und Knien kroch Tolpan auf die Öffnung zu. Je näher er kam, desto mehr war er davon überzeugt, daß sie das Ziel ihrer Suche erreicht hatten. Jetzt konnte er die zweite Stimme besser hören, und es handelte sich unverkennbar um die Stimme von Hiddukel, der durch Balkoms Münze sprach!

Tolpan drehte sich um und winkte Tanis heran. Bald hatte sich die Gruppe kurz vor dem Eingang versammelt. Noch schirmte die Säule sie ab. Wieder kroch Tolpan vor, diesmal in die Kammer. Er verließ sich darauf, daß die unregelmäßigen Windungen der Säule seinen Körper verbergen würden, als er vorsichtig an ihr vorbeispähte.

Am jenseitigen Ende der Kammer stand Balkom, genau wie Tolpan es erwartet hatte. Der Magier wendete der Kammer den Rücken zu. Er stand vor einem Steintisch oder Altar und versperrte Tolpan so den Blick auf das, was auf dem Tisch lag. Zauberer und Altar waren in Mondlicht gebadet, das durch ein Portal in der Decke hereinströmte. Links von Balkom stand eine schöne, weißhaarige Frau in einem meerblauen Kleid. Ihre Hände waren gefesselt, und auf ihren Wangen glänzten Tränen, doch sie hielt königlich stolz den Kopf erhoben. Tolpan erschrak: Es war Selana.

Schnell huschte er zurück und erzählte flüsternd, was er gesehen hatte. Flint sagte zu Tanis: »Das ist deine Chance, Junge – setz allem mit einem Schuß ein Ende. Von dort hinter der Säule kannst du ihm einen Pfeil direkt zwischen die Schultern jagen.«

Mit grimmigem Gesicht stand Tanis auf und legte einen Pfeil auf. Die anderen bereiteten sich darauf vor, notfalls zum Altar zu stürmen und die Sache so zu beenden. Tanis schob sich um die Säule, zielte sorgfältig und schoß.

Der Pfeil landete genau im Ziel. Er traf Balkom mit Wucht in den oberen Rücken, und der Schaft drang bis zu den Federn ein. Tanis hielt den Atem an, weil er auf das Plumpsen des zusammenbrechenden Körpers wartete. Statt dessen hörte er Gelächter und Selanas Warnschrei: »Das ist eine Falle!«

Als Tanis die Augen aufschlug, sah er Balkom immer noch reglos wie zuvor am Altar stehen. Dann sah er Balkom lachend an der Seite hinter einer Säule hervortreten. Der Balkom vor dem Altar schimmerte, wurde durchsichtig und verschwand. Tanis' Pfeil fiel klirrend auf den Steinboden.

»Ihr habt doch wohl nicht geglaubt, daß es so einfach sein würde? Ihr beleidigt mich!« Balkoms Lachen erstarb, und sein Gesicht verzerrte sich zu einer finsteren Grimasse. »Habt ihr so schnell vergessen, hinter was ihr her seid? Ein Armband, das die Zukunft vorhersagt! Ich wußte schon vor Stunden, daß ihr kommt, vielleicht schon bevor ihr es wußtet.«

Tolpan schlug sich an den Kopf, während Flint die Augen verdrehte – nur Hoto handelte. Er fachte seine Flügel an, brüllte den Kriegsschrei der Phaetonen und schoß durch die Kammer. Balkom blieb stehen, ohne mit der Wimper zu zucken. Auf Hotos Zeichen hin entzündeten auch die drei Phaetone, die über dem Steinkamin warteten, ihre Flügel und fegten in die Höhle, direkt auf den Zauberer zu.

Als sie fast über ihm waren, zog Balkom einen Beutel feinen Sand aus seiner Robe und warf diesen in hohem Bogen durch die Luft. Gleichzeitig beschrieb seine daumenlose Rechte einen Bogen quer zur Richtung der Phaetonen, wobei er rief: »*Ast tasarak sinuralan krynawi.*«

Die Flügel aller vier Angreifer verschwanden, und sie stürzten unsanft bewußtlos auf den Boden. Hoto hatte soviel Schwung, daß sein Körper über den glatten Boden rutschte und erst vor Balkoms Füßen zum Halten kam, wo er mit einem verächtlichen Lachen empfangen wurde.

Da Balkom sich bewußt war, in welcher Gefahr er schwebte, dauerte sein Hohn nur einen Augenblick. Tanis legte bereits einen neuen Pfeil auf, und Flint wollte auf den Zauberer losstürmen, als dieser mit einem kleinen, geraden Eisenstück auf sie zeigte. Er murmelte: »*Patcia et matahant*!«

Plötzlich konnten Tanis, Flint und Nanda sich nicht mehr bewegen. Sie konnten noch hören und sehen wie zuvor, doch ihre Körper waren am Platz festgefroren. Tanis starrte auf seinen gespannten Bogen, der genau auf Balkoms Hals zielte, konnte jedoch nicht loslassen. Flint und Nanda hatten den Zauberer gerade angreifen wollen, wurden jedoch mitten in der Bewegung aufgehalten.

Hinter der Säule saß Tolpan mit geschlossenen Augen und leckte sich die letzten Tropfen eines Tranks von den Lippen. Er hatte ihn eben erst aus Balkoms Labor mitgehen lassen, weil er die Aufschrift *Handlungsfreiheit* trug. Er hatte keine Ahnung, wozu der Trank gut war, aber er klang nützlich, und er konnte ihn genausogut gleich ausprobieren. Als er zur Seite sah, sah er, daß seine Freunde mitten in der Bewegung eingefroren waren. Nicht schlecht, dachte er, und betrachtete das Fläschchen, aber es war nicht genug für alle da. Er steckte die leere Phiole in seinen Beutel zurück.

Was jetzt? Er lauschte einen Augenblick; Balkoms Lachen ebbte ab. Ob der Magier noch in seine Richtung sah? Es gab nur einen Weg, das herauszufinden. Tolpan streckte den Kopf um die Säule. Als stolzer Sieger spazierte Balkom zwischen den zusammengesunkenen Phaetonenkörpern hindurch, die um seinen Altar lagen.

Hiddukels Stimme riß den Zauberer aus seinen Gedanken. »Einen hast du nicht erwischt, Zauberer.« Erst da bemerkte Tolpan die Münze mit den zwei Gesichtern, die auf dem Altar zwischen zwei eindrucksvollen Rubinen auf dem Rand stand. Gleichzeitig blickte Balkom auf und sah den Kender. Seine Miene verfinsterte sich beträchtlich.

»So, bist du also doch mit deinen Freunden gekommen? Du kannst genausogut rauskommen, so daß ich dich sehen kann. Diese Säule beschützt dich auch nicht, wenn ich beschließe, dir etwas zu tun.«

Tolpan richtete sich auf und trat in den Raum. Die rechte Hand steckte in seinem Beutel. Er wußte, daß er im Labor unter anderem mindestens eine Phiole mit der Aufschrift *Großer Knall* mitgenommen hatte.

Balkom neigte den Kopf etwas zur Seite. »Also du bist die andere Maus. Es gefällt mir gar nicht, wie deine Hand da in deinem Beutel steckt, kleine Maus. Halte deine Hände so, daß ich sie sehen kann.«

Da sich seine Finger noch nicht über die verbliebenen drei Tränke geeinigt hatten, schüttelte Tolpan den Kopf. »Nein, danke, lieber nicht.«

»Wie du willst«, entgegnete Balkom. Wieder zog er etwas aus seiner Robe, hielt es gestreckt zwischen den Fingern und murmelte Worte, die Tolpan nicht hören konnte. Sofort entstand ein riesiges Netz zwischen den beiden Säulen rechts und links des Kenders, das ihn mit seinen Fäden einfing.

Tolpan war klar, das war derselbe Zauber, den Balkom in der Zombiekammer der Burg benutzt hatte, und er erinnerte sich daran, wie furchtbar klebrig das Netz gewesen war. Als er sich jetzt jedoch bewegen wollte, merkte er, wie das Netz leicht von ihm abglitt. In der Annahme, daß auch dies eine Wirkung des Tranks war, trat er schnell vor und ließ die Stricke einen Schritt hinter sich.

Balkom war einen Moment lang ausgesprochen überrascht, dann riß ihm endgültig der Geduldsfaden. Der Augenblick der Übergabe wäre gleich gekommen, und der Zauberer konnte sich keine Ablenkungen mehr leisten. Er hob die Hände und konzentrierte sich auf einen Blitzschlag, der den Kender töten sollte.

Tolpan brauchte keine zweite Aufforderung. Er holte eines der Fläschchen aus seinem Beutel und schleuderte es auf den Altar, wo es am Stein zerbrach. Ein ohrenbetäubender Angst- und Schmerzensschrei hallte durch die Kammer, hallte zwischen den Säulen nach und ließ die Fackeln flackern. Der Schrei wurde leiser und stieg dann zu lautem Schluchzen an, das lauter und entsetzlicher war, als alles was Tolpan je gehört hatte. Balkom, der nur wenige Fuß von der Lärmquelle entfernt stand, sank an die Wand, obwohl er sich mit den Händen die Ohren zuhielt.

Plötzlich erinnerte sich Tolpan. Der *Riesenheuler*, den er seiner Meinung nach doch auf dem Hocker vor der verschlossenen Tür von Balkoms Labor gelassen hatte. Einen Augenblick lang wunderte er sich, welchen Zauber er wohl auf den Hocker gestellt hatte.

Genau in diesem Augenblick erbebte die Erde. Tolpan geriet ins Taumeln, als Teile der Decke um ihn herunterpolterten. Ein paar Sekunden herrschte Stille; dann stürzte eine der Säulen neben dem Altar mit einem gewaltigen Krachen um, als es erneut bebte. Ein dritter Knall brachte die Wand, die Tolpan gegenüberlag, zum Einsturz.

Durch den Staub und das Geröll der Wand raste eine riesige Gestalt. Als sie aus dem Schutt hochkam, erkannte Tolpan einen dreckverkrusteten Hügelriesen in Lumpen, dessen Hände aufgerissen und blutig waren, weil er damit die Steinwand durchbrochen hatte.

Mit vor Schreck weit offenem Mund erhob Balkom abwehrend die Hände und befahl: »Zurück, Blu!«

Blu entdeckte Balkom und raste auf den Altar zu. »Balkom Blu reinlegen!« brüllte der turmhohe Riese, während er Felsbrocken wie kleine Steinchen aus dem Weg trat. Plötzlich zögerte er, weil er sah, daß Selana dicht neben ihm an der Wand angekettet war.

In dieser kurzen Atempause ließ Balkom den Blitzschlag los, den er vor Blus Auftauchen für Tolpan vorbereitet hatte. Der Blitz aus roher, weißer Energie traf den Riesen direkt in seine gewaltige Brust und erfüllte die Luft mit dem Geruch von versengtem Fleisch.

»Blu!« schrie Selana und riß an ihren Ketten. Blu heulte vor Schmerz, stolperte, fiel aber nicht hin. Er taumelte gegen den Altar, woraufhin die Rubine und Hiddukels Münze auf den Boden rollten. Rostrevors Stein zersprang in tausend Stücke, und der verblüffte Knappe war plötzlich frei.

Der hellhaarige Jüngling mit dem dünnen, blonden Schnurrbart sah sich um und versuchte, sich zu orientieren. Er nahm die bewußtlosen Phaetone wahr, den reglosen Zwerg und den Halbelfen auf der anderen Seite, den Kender neben ihnen und die verführerisch gekleidete weißhaarige Elfin.

Schließlich wandte er den Blick dem Zauberer seines Vaters zu. »Balkom?« fragte er den einzigen Menschen, den er hier kannte. »Was geht hier vor? Wieso bin ich hier?«

»Er hat dich in dem Stein eingesperrt!« schrie Tolpan.

Selana sah, wie der Knappe den Kender zweifelnd musterte. »Es ist wahr, Rostrevor. Hilf uns!«

»Sie lügen, Rostrevor«, sagte der Magier mit schmeichelnder Stimme.

Doch Rostrevor hatte den Zauberer seines Vaters noch nie gemocht und vertraute ihm nicht. Er griff sich einen Brocken der eingestürzten Wand und schleuderte ihn nach Balkom.

Da er Rostrevors Stein ausweichen mußte, sah Balkom nicht, wie der verwundete Riese mit seiner großen, haarigen Faust ausholte, bevor er auf dem Boden zusammenbrach. Der Schlag warf Balkom japsend und halb ohnmächtig an die Wand. Er erholte sich jedoch schnell wieder, doch der Aussetzer reichte, um Tanis, Flint und Nanda aus dem Griff seines Zaubers zu erlösen.

Augenblicklich zielte Tanis neu und schoß. Der Pfeil flog wie zuvor im Bogen durch den Raum und traf den zusammengesunkenen Zauberer unter den Rippen. Diesmal schrie der echte Balkom auf, mehr vor Wut als vor Schmerz. Ungläubig starrte er auf den gefiederten Schaft, der aus seiner Seite ragte. Seine rechte Hand fuhr auf den Rücken und entdeckte die bluttriefende Pfeilspitze. Mit einem kräftigen Zug riß er den Pfeil sauber heraus, um ihn dann trotzig zu zerbrechen.

Doch der Körper des Zauberers war nicht so stark wie sein Wille. Er sank auf ein Knie. Tanis legte einen weiteren Pfeil auf und zielte. Balkom entdeckte den Seelenstein, den er für die Meerelfin vorbereitet hatte. Erstaunlicherweise war der noch heil und wartete darauf, die Essenz einer Person aufzunehmen. Vielleicht konnte er noch in den Stein entkommen …

Als Tanis schoß, warf sich Balkom auf den Stein. Der Pfeil schoß oberhalb des Knochens durch die Schulter des Zauberers und traf dann die Wand dahinter.

Rote Lichtstrahlen brachen aus Balkoms Körper und erfüllten die Kammer mit gleißendem Licht. Alle wandten sich von dem blendenden Schauspiel ab und bedeckten schutzsuchend ihre Augen. Augenblicke später ließ die gleißende Helligkeit nach. Als sie wieder hinsahen, war Balkom verschwunden.

»Wo ist er denn hin?« fragte Tolpan augenzwinkernd. Vorsichtig näherten sich Tolpan, Flint und Tanis dem Altar. Tolpan suchte rechts und links und vorne und hinten nach dem verderbten Zauberer. Außer Blutspuren und zwei zerbrochenen Pfeilen war von Balkom nichts mehr zu entdecken.

»Sieht so aus, als ob wir versagt hätten und der Gegner entkommen ist«, knurrte Flint verärgert. »Ich hätte ihn nur zu gern zu seinem üblen Gott geschickt.«

»Ich glaube, wir haben Glück, daß so viele von uns überlebt haben«, sagte Tanis. Mürrisch stimmte Flint nickend zu, während er Selana losmachte.

Die Meerelfin kniete sich neben den verkohlten Körper des Riesen, doch Blu war tot. Der Blitzschlag des Zauberers hatte ihn umgebracht. Nachdem sie sich eine Träne aus den Augen gewischt hatte, berührte sie mit dem benetzten Finger seine Stirn – eine alte Dargonesti-Geste, um einem gefallenen Krieger die letzte Ehre zu erweisen. Neben seinem Körper sah sie das Kupferarmband liegen, das für ihren Bruder gemacht worden war, und sie schob es sich über das Handgelenk.

In der Zwischenzeit hatte Tolpan die Phaetone geweckt. Während sich die anderen auf den Aufbruch vorbereiteten, stöberte Tolpan noch in den Trümmern um den Altar herum. Er hob die doppelgesichtige Münze auf, die jetzt schwieg. Dann nahm er den Rubin, einen der größten, die er je gesehen hatte. Es kam ihm beinahe so vor, als könnte er hinter seiner facettierten Oberfläche etwas sehen …

Selana führte sie zum Haupteingang der Kammer, wodurch

sie sich Balkoms Labor und die Steinminotauren ersparten. Als alle der Reihe nach die Kammer verließen, sah Flint sich noch einmal um und merkte, daß der Kender ganz versunken am Altar stand. »Laß das alles liegen, du Dummkopf! Willst du dich umbringen?« erregte sich der Zwerg.

»Immer mit der Ruhe», rief Tolpan. »Was ist denn so schlimm?«

»Das ist *böse*, du Türknauf!«

»Oh, stimmt. Gutes Argument«, gab Tolpan zu. Rasch legte er den Rubin in die Einlassung auf dem Altar und wandte sich gerade zum Gehen, als ein Strahl Mondlicht den Edelstein berührte.

Tolpan glaubte, er hätte einen dünnen Schrei gehört, dem ein fernes, boshaftes Lachen folgte. Als er sich umsah, war da nichts. Achselzuckend folgte er den anderen.

Minuten später hatten sie die Höhle verlassen. Plötzlich ließ eine unterirdische Explosion den Hügel erzittern, und aus dem Höhleneingang drang Rauch.

Tolpan lächelte, weil ihm das fehlende Fläschchen einfiel. »Ich glaube, jetzt haben diese Golems die verschlossene Tür eingeschlagen.«

Epilog

Die vier Gefährten standen auf einem sandigen Strandstück an der Westküste des Neumeers. Tanis war bis ans Wasser gegangen und ließ flache Steine über die glatte Oberfläche hüpfen, auf der sich die untergehende Sonne spiegelte. Tolpan hatte sich die Hosen bis zu den Knien hochgerollt und jagte kreischende Möwen, wobei er hin und wieder anhielt, um interessante Muscheln aufzuheben und sie zur späteren Untersuchung in seinen Beutel zu stecken.

In sicherer Entfernung vom Wasser saß Flint neben Selana

auf einem großen Stück grauem Treibholz. Die Stiefel hatte er ausnahmsweise ausgezogen, um seine dicken, haarigen Zehen im feuchten, weißen Sand einzugraben. Seine verwundete Schulter, die unter der losen, blauen Tunika fest mit sauberem Mousseline verbunden war, tat jetzt dank einer Kräutersalbe von den Phaetonen kaum noch weh. In einer Hand hielt er sein Schnitzmesser, in der anderen ein weiches Stück Treibholz, aus dem er eine Möwe herausarbeitete.

Zwei Tage waren seit dem schicksalhaften Kampf mit dem Zauberer vergangen. Tolpan, Flint, Tanis, Rostrevor und Selana waren mit den überlebenden Phaetonen zu deren Türmen zurückgekehrt. Dort hatten die geflügelten Wesen ihre toten Kämpfer in ihrer traditionellen Dämmerungszeremonie verbrannt und damit ihre tapferen Seelen der untergehenden Sonne angeboten. Nachdem sie sich eine Nacht ausgeruht und dann gebührend bedankt hatten, mußten sie nur noch Rostrevor in die Stadt zurück und Selana zum Meer begleiten.

»Roter Himmel zur Nacht, der Seemann lacht«, sann der Zwerg jetzt angesichts des sich im Wasser spiegelnden Himmels nach. »Also wird morgen ein schöner Tag. Ist noch nie anders gewesen.«

Die Meerelfin blickte ihre neuen Freunde an. »Fast tut es mir leid, daß ich ihn nicht mit euch erleben werde«, sagte sie, während ihr Finger die Edelsteine auf dem Kupferarmband an ihrem Handgelenk nachfuhr. Sie dachte an ihren Bruder, Semurel, und die Freude, die sie ihrer Familie bereiten würde, wenn sie mit dem Armband zurückkehrte. Sie hatte viel zu erzählen. »Fast«, wiederholte sie.

»Ich muß bald los«, sagte sie leise. »Ebbe und Flut und so …«

Flint hörte auf zu schnitzen. »Ja, ich schätze, das mußt du.« Er hielt die Treibholzmöwe hoch und sah sie prüfend an. Nachdem der Zwerg einen losen Splitter weggeschnipst hatte, gab er das Tier Selana.

»Das ist nicht viel – bei weitem nicht das beste, was ich kann –, aber ich möchte, daß du es mitnimmst, damit du dich erinnerst –« Er brach ab, weil ihm der Gedanke kam, daß sie sich vielleicht nicht gern an die Ereignisse der letzten Tage erinnern würde.

Lächelnd betrachtete Selana den zarten, kleinen Vogel. »Ich werde mich geehrt fühlen, einen echten Feuerschmied zu besitzen. Das Armband behalte ich schließlich nicht.«

»Danke, Kleine, daß du nicht –«

»Nein, ich habe zu danken. Du hast mich in der kurzen Zeit viel gelehrt.« Selana brachte den Zwerg, der sich wieder einmal wegen des verlorenen Armbands entschuldigen wollte, mit einem Kuß auf seine gerötete, stoppelige Wange zum Schweigen.

Tief seufzend, drückte sich die Meerelfin von der Treibholzbank hoch, band den zu kurzen, groben Umhang los, den die Phaetone ihr als Ersatz für Balkoms durchsichtiges Gewand gegeben hatten, und ließ ihn in den Sand fallen. Die Schnitzerei band sie am Gürtel ihrer Tunika fest.

Flint stand auf, wobei er wegen der Wunde an der Schulter leise stöhnte. »Tolpan, Tanis«, rief er. »Selana muß los.« Tanis drehte sich um und wartete am Wasser.

Tolpan kam mit traurigem Gesicht angelaufen. »Mußt du so bald schon gehen? Wir hatten noch gar keine richtige Gelegenheit, etwas anderes zu machen, als Monster zu töten und vor dem Tod davonzurennen.«

Selana lächelte den Kender an.

»Natürlich muß sie gehen, du Türknauf. Ihr Bruder – das ganze Königreich Dargonesti – wartet auf sie«, sagte der traurige Zwerg noch barscher als gewöhnlich.

»Hör mal, vielleicht könnte ich dich ja begleiten!« sagte Tolpan, dessen Gesicht sich plötzlich aufhellte. »Ich könnte noch einen Trank trinken!«

»Ich glaube nicht, Tolpan«, sagte Selana. »Ich habe eine lange, anstrengende Reise vor mir, und du könntest niemals Schritt halten. Außerdem herrschen in unserem Reich turbulente Zeiten.« Sie sah, wie das faltenreiche Gesicht des Kenders einen enttäuschten Ausdruck annahm.

»Manchmal ist die Welt sehr klein, Tolpan«, meinte sie freundlich. »Und wenn es jemanden gibt, der einfach mal zu einem Besuch vorbeischaut, dann habe ich so eine Ahnung, daß das bestimmt du bist.«

Tolpan strahlte angesichts dieses scheinbaren Kompliments.

»Dann wollen wir dich mal auf den Weg bringen«, sagte der Zwerg, während er väterlich ihren Arm nahm und sie zu der Stelle führte, wo Tanis wartete.

Die Blicke des Halbelfen und der Meerelfin trafen sich. In der wortlosen Art aller Elfen vermittelte Tanis ihr seine wiedergefundene Hochachtung und bat sie um Vergebung für seine anfängliche Ungeduld. Selana dankte ihm, daß er ihr geholfen hatte, ihre Dickköpfigkeit zu überwinden.

Spontan hob sie die Hand und streichelte seine Wange. »So schön.« Tief errötend nahm Tanis ihre Hand in seine und lächelte.

Selana schluckte den Kloß in ihrer Kehle herunter und watete, ohne sich umzusehen, in das laue Wasser des Neumeers. Sie ging weiter, bis das in Orange und Violett schimmernde Wasser über ihrem Kopf zusammenschlug.

»Seht mal!« schrie Tolpan einige Augenblicke später. Flint und Tanis verfolgten Tolpans Finger zu einem Punkt nahe dem Horizont.

Dort sprang ein Delphin hoch aus dem Wasser.

Die drei frischgebackenen Freunde sahen schweigend zu, bis der Delphin verschwunden war. Dann drehte sich einer nach dem anderen um.

»So, und wo gehen wir jetzt hin?« fragte Tolpan übergangslos. Seine Hände steckten in seinen Hosentaschen, wo die Finger etwas Kaltes, Hartes fanden. Als er es herauszog, hielt er eine Münze mit zwei Gesichtern ins Licht der untergehenden Sonne.

»Na, wo die wohl herkommt?« fragte er sich leise.

GOLDMANN

Der phantastische Verlag

Raymond Feists Midkemia-Saga – eine unerreichte Fantasy von Liebe und Krieg, Freundschaft und Verrat, Magie und Erlösung.

Midkemia-Saga 1:
Der Lehrling des Magiers 24616

Midkemia-Saga 2:
Der verwaiste Thron 24617

Midkemia-Saga 3:
Die Gilde des Todes 24618

Midkemia-Saga 4:
Dunkel über Sethanon 24611

Goldmann · Der Taschenbuch-Verlag